包利民散文

散文

包利民／著

孔學堂書局

图书在版编目（CIP）数据

包利民散文 / 包利民著 . -- 贵阳 : 孔学堂书局，
2025. 3. -- ISBN 978-7-80770-716-5

Ⅰ . I267

中国国家版本馆 CIP 数据核字第 2025HS1910 号

包 利 民 散 文

BAOLIMIN SANWEN

著　　者：	包利民
责任编辑：	陈可欣
封面设计：	宋双成
责任印制：	张　莹

出版发行：	贵州日报当代融媒体集团
	孔学堂书局
地　　址：	贵阳市乌当区大坡路 26 号
印　　刷：	三河市天润建兴印务有限公司
开　　本：	710mm×1000mm　1/16
字　　数：	190 千字
印　　张：	18
版　　次：	2025 年 3 月第 1 版
印　　次：	2025 年 3 月第 1 次印刷
书　　号：	ISBN 978-7-80770-716-5
定　　价：	39.80 元

目 录
ONTENTS

第六章　梦里江南

第一章　最美的声音

最美的声音

大学时同寝室有一个家住哈尔滨的同学，他从不给家里打电话。问他，他说家里没有电话，写信就可以了。我们有些奇怪：他家住大城市，生活条件也不错，家里怎么不安电话呢？

那次暑假回来后，他每天晚上都躲在被窝里听一盘从家里带来的磁带，有几次还哭出了声，我们提出借他的磁带听一听，他说什么也不肯。有一次趁他不在，我们从他枕头下翻出了那盘磁带，放在录音机里听，好久也没听到声音。我们很是纳闷儿：他每天晚上听这盘空白带干什么呢？

快毕业时，他才告诉我们原因。原来他父母都是聋哑人，为了生活，他们吃尽了苦头，也受尽了别人的白眼冷遇。为了他能好好上学读书，父母的心都放在他身上，给他创造最好的条件，从不让他受一点委屈。后来日子好过了，他却要离开父母去远方上大学，他说："我时常想念家中的爸爸妈妈，是他们用无言的爱塑造了我的今天。那次暑假回家，我录下了他们呼吸的声音，每天晚上听着，感觉父母好像在身边一样。"

我们的心灵被深深震撼了，亲情是世界上最灿烂的阳光。无论我们走出多远，飞得多高，父母的目光都在我们的背后，我们永远是他们心中最牵挂的孩子。大爱无言，而那份无言的爱，就是人世间最美的声音。

聆听世间暖

这世间的温暖是可以听得到的，若心静时，万声入耳皆如天籁，流淌成心底脉脉轻暖，濯风尘，涤旧绪，梦想和希望便焕发出一种新的生机，一如春来树绿，雨润花红。

给我这种想象和体会的，是一个在旅途中邂逅的陌生人。那是在小兴安岭深山里，游人极少，我常常去那里，看长风吹过山谷间的树，松涛起伏。那一天，我发现有两个人也站在山顶，男人的背影很高大，女人在他身边，不停地轻声讲着什么。走到近前，才发现，男人是个盲人。经过交谈，知道男人是钢琴调音师。他说："我的耳朵可不只能听到琴声，还能听到你们听不到的声音。就像现在，你们可能只听得到风声和松涛声，我却能听到山谷里溪水的流淌，还有那边林中的鸟叫！"

我闭上眼睛，让心沉静下来，果然，没有了眼前的五色干扰，耳畔便飞来许多美好。男人称这是耳朵里的风景，极少有人能体会到。告别时，他说了一句很让人回味的话："我的耳朵不仅能听到风景，更能听到身边许多的美好和温暖！"

的确，我们耳中充盈着的，多是让人心烦的琐碎，仿佛被尘世喧嚣困围，摆脱不尽。而那些让我们心生温暖的东西，却常常与自己的耳朵错失。其实，是我们的心不静，在浮躁的心境中，美好很难得其门而入。

想起读高中时，由于面临高考，学业繁重，老师天天催促，父母日日唠叨，让我们本就不安的心，更增添了许多烦躁。有时候，课间我们会彼此诉说一下各自在家里的遭遇，觉得父母真是烦透了。有一天，一个一直沉默的男生终于忍不住对我们说："如果我是你们，要是我回到家里，别说父母唠叨，就算他们天天骂我打我，我都会觉得幸福无比！"

我们都愣住了。那个男生是个孤儿，从小在福利院长大，从不知亲情为何物，也很难理解那是一种怎样的情感。那时的我们，听了他的话，都觉得很惭愧。有时候，我们无法去接近一颗关爱我们的心，所以从他们的话语里，感受不到声音的温度，更难将那些话语化作心底的暖流。

有一年在电厂倒班，前夜班零点下班，我们大多住在倒班宿舍里，特别是冬天时，更不愿大半夜回家，不但冷，而且会打扰到家人休息。而有一个同事，却不管冷暖雨雪，下了夜班都要回家去。起初我们都笑他，后来他道出了真正的原因。原来，他的老母亲每次在他上前夜班时，都会等着他回去后再睡。他说："每次半夜到家，听到我妈走来开门的脚步声，我的心里就热乎乎的，我愿意回家，不管什么时候！"

我想，在他的耳中，母亲半夜的脚步声，就是他心里的期盼，就是他生命中永远的眷恋。而他的母亲，半夜听到儿子回来的脚步声，心里也一定是欣喜而温暖的吧！有时候，幸福离我们很近，近到只是亲人的脚步声，就能叩响幸福的门扉。

还有另一种聆听，更让人动容。

十多年前，我还在另一座陌生的城市，在梦想与现实之间苦苦挣扎着。那时认识一个朋友，每当我有什么不满或抱怨时，都去找她倾诉。在她面前，可以尽情地诉说，毫无顾忌。因为，她是聋哑人，她只是静静地坐在我对面，脸上带着微笑，看着我的嘴唇飞快地一开一合，而她其实也在生活中挣扎，却总是面带微笑，她历尽艰难，学会了认字写字，学会面对生活中的白眼冷遇。

有一天，我又去找她，没等倾诉，她却拉着我跑到后面的街上。街对面有些远的地方，是一个工地，正要垂直爆破一栋旧楼。我们走近一个玻璃电话亭，在那里远远地观望。我不明白她何以忽然有了这种闲趣，便也静静地看着。随着一声巨响，地面仿佛颤抖起来，电话亭的玻璃窗更是被震得簌簌响。转头间看见她把两只手按在玻璃上，脸上带着满足的微笑。十几秒后，声响消失，她在玻璃上呵了一口气，飞快地写下一行字："我只想摸摸这个世界的声音！"

她用这样的方式，聆听着那一刻的轰鸣。我的心里忽然便有了一种无言的感动和震动，在她的世界里，声音是一种梦想，她却这样去"听"那些梦想。那天夜里，我收到她发来的一条短信："我梦想听到这个世界的声音，可是命运却注定我只能用手去触摸这声音。当那份震颤通过手掌传到我心里，我有一种想流泪的冲动。"

我回短信问她："在那样寂静的世界里，你就用这种方式感觉声音的存在？"

她答："是的。就算是你们认为的噪音，对于我来说也是最美的音乐。因为，我用的不是耳朵，而是心！"

有一种聆听，不是用耳朵，而是用心。忽然便觉得，自己的那些烦恼，实在是微不足道，甚至很可笑。我一直没有用心去聆听过这个世界的声音，所以更感受不到生活中的温暖与感动。最后怨怼占据着焦虑的心，美好都被摒弃于生命之外。不但耳朵被堵住，心也被封闭。

所以，只有先打开心灵，才能唤醒耳朵，才能聆听到世间的所有温暖，才能让心里常驻感动，生活才能如花绽放。

清澈的声音

有一些声音就似遗落在人间的精灵，偶入耳中，便入心底，濯洗着那些漫漫尘埃，让心温润如初，仿佛流年沧桑还不曾浸染。

十多年前，在一个大山深处的小村当了一段时间代课老师，那时正失意，在这天涯一般的地方，一种朴素的美将一颗烦躁的心安抚得极为柔软平静。离开的时候，正是秋天，满山的树都斑斓着离别的心绪。翻过那座山，便是一条通往镇上的路，脚步刚刚踏上那片崎岖的路，就听到身后的山顶，一个孩子的声音遥遥传来："老师，我会想你——"

那声音带着山间溪水的清透，穿过满山的树，直击在我心灵最柔软处。那个女生，我上课的这三个月时间里，从不举手回答问题，也不敢读课文，甚至课间也不大声地说话。不管我怎样鼓励她，她都是怯怯的，只是有一次，悄声对我说："老师，我一定会大声地说话的！"

在我悄悄离开的时刻，她用她响亮的声音为我送行，回望，她小小的身影，在远远的山顶，那声音依然在回荡，回荡，回荡成一片温暖的海，漫流过我以后所有的日子。

　　记得去年回故乡，正是冬季，漫天飞雪。慢慢行走在大街上，脚步声敲醒着许多沉睡的过往，在这个小小的县城里，我曾度过整个中学时代，二十年的烟云易散，不散的只有这个城市每个角落拥挤着的回忆。

　　忽然，听到有人喊我的名字，隔着风雪，隔着车流人海的喧嚣，仿佛久违的呼唤。这许多年中，无数次听到别人喊我的名字，却都没有此刻的感受。那声音里，带着一种清澈的亲切，一种纯净的惊喜，我转头看，一个和我年纪相仿的男人，正目光闪亮地看着我。我一声惊呼，虽然过去了那么多的岁月，我依然一眼认出了曾经的中学同学。相拥的那一刻，周围全是直入人心的暖。

　　说了些什么已经不记得了，而那一声呼喊，却一直响在耳畔，将心一次次拉回那圣洁遥远的时光里，那些朴素而温暖的情谊，总是在风尘漫漫落寞重重时，悄悄浸润着心中所有的希望。

　　去年夏天，在老家，中午小睡，梦见自己依然是儿时，睡在母亲的身边，做了噩梦，大哭，梦中醒来，发现母亲不在，便大喊。却听见母亲就在耳畔叫我，一如童年。迷梦归来，母亲白发萧然，问我是不是做噩梦了，因为听见我不停地喊她，就像小时候一样。

　　我知道，我在梦里听见的母亲的呼唤，是此生最美的声音；而我在梦里喊出来的"妈妈"，却是母亲耳中永远响着的眷恋，纯纯如山顶的月。

闲花落地听无声

最难得，是闲的时候，而且静。那种闲，不但要身闲，还要心闲；那种静，不只要环境静，还要心静。

花开的声音，需要一颗不染尘埃并充满了生机希望的心，才能捕捉得到；而花落的声音，则需要心闲意静的时候，才会进入耳朵进入心灵。花开的声音，是主动去听；花落的声音，是随天籁而自然落进心底。

有时候，在这纷扰的世间行走、忙碌，生活充实得过了头，就成了负担。便很羡慕那些有闲的人，总梦想着自己每日里也可以悠闲无比地生活，自由自在，无拘无束。想象中，那样的生活，不管怎样的内容都是好的、惬意的。可是真的过了一段那种闲的生活，即使没有生活的压力与顾虑，也会身闲而心乱。人总是闲极而无聊，静极而生动。

有时候，在繁忙的生活中，忽然有了短暂的闲，会觉得弥足珍贵。只属于自己的时间和空间，看电影，看书，写字，弹琴，或者就是发呆也好，都感觉美妙无比。仿佛时光就在身畔泛着涟漪，尘世中曾扰攘着的，依然在，却无法侵入愉悦的内心。仿佛一个温柔的缓冲，不知不觉地改变着心情，积蓄着力量。

在闲适的生活中，有的人"日长似岁闲方觉"，会感觉很漫长，度日如年；而有的人，却是"偶来松树下，高枕石头眠。山中无历日，寒尽不知年"。果然是"若无闲事挂心头，便是人间好时节"。同样的闲，为什么有着迥然的感受？其实还是心的原因。闲的是身而非心，所以即使无事，也会烦恼。以前的渔樵，虽劳累，却歌声入水入云，那便是一种属于心的闲，所以即使忙碌，他们依然是悠然的，快乐的。

我们现在身处的生活，熙来攘往，名缰利锁，追逐之中就很容易混淆了梦想和欲望的界限。我们不可能清心寡欲，也不可能万事不挂怀，可这并不妨碍我们拥有闲的生活。我们可以在劳碌中，偶尔抬头，看一片飘在风中的柳絮，便带走了思绪；也可以偶尔低头，看一朵开在墙角的小花，便芬芳了心灵。

浮生半日闲尚不可遇，可有了闲暇，有的人却偏要寻愁觅恨，或者伤春悲秋，非要把好好一段光阴弄得怅惘不已。人生难得闲暇，莫缠闲绪，莫觅闲愁，且掬四时清流，漫濯心上轻尘。春风春柳，秋月秋花，足可动人心怀，人闲桂花落，让心与自然交融，才会过得情趣盎然。所以，愿能于闲里光阴，坐拥静时情怀；于花朝月夜，轻品岁月如茶。

当你看到一朵闲花随风飘落，当你能听到落花亲吻大地的无声之声，那么，你就拥有了真正的闲适，也拥有了真正的美好。

声音的涟漪

　　我喜欢水里或者水畔的一切声音。

　　不知道你有没有过，坐在悠然的水畔，风和树都睡着了，阳光也慵懒着，你的心也静谧无比，就像夏日午后的阒然。然后，你便听到了一种声音，轻轻细细，如一尾小小的鱼儿悄悄地游进你的耳朵。于是你的目光开始寻找，你发现，是一缕调皮的不肯午睡的风撞翻了一片荷叶，那丝声音带着一份清芳踏水而来，温润着你的心。我想，如果你有过那样的一个夏日午后，你就会爱上那些声音。

　　静处之声，总是让人心底悄悄生长起一种只自知的喜悦。想起少年时的夜里，一个人走在空旷的荒野中，星月满天，洒落的清辉把脚步声都洗淡了。经过一个小小的池塘，它在月光下明亮如一面圆圆的镜子。忽然，一个清晰的入水声冲破了月光和夜色的封锁，带着湿润的尾音，落在我的心上。转头看，镜面上粼粼涟漪，似乎是一只刚睡醒的蛙，投入了镜子里的世界。而我的心湖里，也似乎投进了某种美好，喜悦的波纹扩散开来，只觉得这夜色也温柔无比。

很喜欢王维的两句诗：欲投人处宿，隔水问樵夫。隔着一条山溪，与樵者问答，一来一回的声音，在山间回荡，然后纷纷落进水里，该是怎样地与自然融和而充满灵性。就像山溪岸边鸟儿的啼鸣，沾染着花香水汽，已经成为耳朵里的风景。隔水之音，真的与平时大有不同。《红楼梦》里贾母两宴大观园时，让戏班子铺排在藕香榭的水亭上，说借着水音更好听。正值风清气爽之时，乐声穿林渡水而来，令人心旷神怡。不管什么声音，有了水的浸染，都会变得灵动起来。

而在我童年的记忆里，有一种呼唤却如遥远的花朵，淡淡的清香穿透沉沉的岁月，在心间荡起层层回响。一条弯弯的河流，淌过村西，被一座大坝阻挡成一个水库，蓄积着盈盈而清澈的快乐。我们常常在傍晚的时候，追赶着夕阳的脚步，奔跑过大坝，跑到水库西岸的高冈上，追逐打闹，直到夜幕都已垂落，我们还浑然不觉，流连忘返。然后，村口就会响起母亲的呼唤，于是我的小名便拖着悠长的声调，掠过宽阔的水面，一波波地传进我的耳朵。然后，声音牵着我们的脚步，走回温暖的村庄。

许多年以后，母亲曾经的呼唤，经常在梦里响起，把我的心拉回到那一段时光里。那遥远的呼唤声，隔着岁月的大河，带着尘世的沧桑与温暖，一次又一次洗去我心上的尘埃。

少年的时候，曾在秋天的夜里，睡在松花江的大堤上。村庄在江北二十里外，中间是空旷的荒草甸。枕着一江涛声，盖着无边的月光，对岸的蛙声漫卷过来，和草甸里的蛙声连成一片。虽然万声入耳，可是心却极静，甚至听得到一缕风从对岸悄悄地走过来，听得到一尾鱼在月光下跃出水面再跌回，听得到日间不曾被留意的种种声响，此刻它们如小小的精灵，在水声之中轻轻地潜入我的心里。

村庄西边的那条河流，却是热闹无比。两岸农田绵延，春种秋收，多少笑语和汗水伴着小河流淌。小河北面的东岸，是一片墓地，一辈一辈，多少人长眠于其中。每有出殡送葬，哭声便和泪水随着河流涌向远方。多年以后回想河两岸的悲欢，便记起了杜牧的一句诗：人歌人哭水声中。多少沉重而变迁的声音，也只有不变的河流能够全部承载。水畔生长的声音，仿佛带着一种传承，落入耳中，就会唤起很多似曾相识的往事。

我真的很喜欢水里或者水畔的一切声音。哪怕是多年以后，我坐在故乡的小河边，叹息声沉沉飘过河面，泪珠滴滴落进水里，这样的声音，我依然喜欢。

流过枕边的河

　　远如梦境的那个村庄，依然在千里之外，在呼兰河东岸，驻守着我所有的思念。而所有的过往都在世事劳碌中尘封，一如寒冷的日子里，那条凝固了形状的河流。只是总在某个瞬间，会感受到心底深处悄悄涌动的希望，仿佛冰封雪盖之下，河水仍流往自己的方向。

　　时光有时会冲淡记忆，却封锁不住梦里的一次次轮回重温。儿时陶醉于岸边无际的大野甸，丛生着许多童年的乐趣。少年时的夜里，曾经充耳不闻的流水声，已经能牵动无眠的思绪。仿佛河就流在枕畔，人若舟中，听涛而眠，梦里全是摇曳的最美年华。那时刚刚读过萧红的《呼兰河传》，心底便有了浅浅的感伤，眼前的变迁重叠着旧时的影子。便有了庆幸，我并未曾经历这条河流的沧桑，书中的过往，也只是我一个遥远的风景，站在岁月的岸边，我看不到它的流逝。

　　现在想来，河边甸上的一切都是我所有温暖的来处。春日里的虫儿翩飞，盛夏的鸟雀翔集，秋天岸边高高的茂草丛中有着不变的月升月沉，漫天飞雪中无际的洁白宁静，四时佳兴，是生命中永不再来的美好。几年前，重回呼兰河畔，河流依然，只是不见当年的大草甸，不见了我夜夜梦回的家园。二十多年的光阴，被拉长至无极，心底的那条河，永远回不去了。

后来我便常常步行二十里去县城，去那个有着一圈青砖围墙和暗红大门的院子。满庭葳蕤，掩映着那个年轻女子的塑像，她的灵魂已经漂泊无依，只留下这样一个思念的形象，守着故园中如旧的日夜晨昏。轻轻迈动脚步，怕惊飞所有栖息着的往事，在少年悄喜轻愁的心中，我竟不敢凝望，怕猝然的目光，刺痛那个活在童年里的女孩清澈的眼眸。在萧红故居里，我常自神飞，似怅然，似寂寞。

我知道在萧红的童年里，也可以夜夜听见呼兰河的涛声，不知那时她是怎样一种心境。只是如今河流早已改道他方，她一直眷恋着的母亲河，不知何时舒张开了臂膀，不再将她的老家拥在怀里。所以萧红再也没能重回她的怀抱，如飘蓬辗转客死他乡，她只能在无边无际的回忆里，让这条河流淌在数不清的思乡梦里。她不知道河流的变迁，也是一种幸福，从而只有美好的怀念，却无伤逝的愁绪。

那个时候，每次从萧红故居归来，站在河边，一脉清流依然，却总觉得河水中多了一些让我牵念的东西。那时的我，从没有想过，有一天也会离开几十年。只是我比萧红幸运，我可以归来，虽然归来亦是过客，却能在它的身畔驻足，回忆。可是我又比萧红不幸，萧红的呼兰河永远是她童年的河，不被风尘沾染，不被流光雕琢；而我的呼兰河，我要一次次面对它的面目全非，一次次将记忆中的一切撞击得疼痛欲碎。

只是我原来一直坚信，不管它如何改变，无论是华丽的堤还是整齐的柳，无论是野甸变良田还是河面变狭窄，河水应该永远不变。在那一河清澈中，总会有着永远的重逢，总能濯洗我心上的漫漫风尘。可是，那年的重逢，却是那样悲怆。河水中散发着刺鼻的气味，再不见当年的清透，再不见当年的渔船往来。我不知道这二十年的时间，是什么让它悄然垂暮，是什么让它病入沉疴。鱼虾只能嬉戏于旧日梦中，渔歌也成绝响，我的心随着漂浮的垃圾越沉越深。那个有着很好阳光的午后，我站在河畔，滴下了泪水，只是我的清泪，无法唤回曾经的美好。

那个夜里，我借宿在离河不远的农家。躺在硬硬的土炕上，透窗而入的长风带着庄稼的气息，却藏着丝丝河流如今的味道，就如我的回忆里除了甜蜜，如今却有着不绝的凄然。夜幕长垂，流水声依然盈耳，无法与记忆重合。童年的涛声如母亲咿咿的浅唱，今夜的流水却似呻吟，似呜咽。

忽然羡慕萧红，她在遥远的他乡，伴着她的呼兰河是那样可亲可近。我宁愿不再归来，我宁愿让那一河流水永远淌在我的心中，淌在我的梦里，然后化作热泪，洒湿我的枕畔。年初的时候，家乡好友打来电话，说起呼兰河，有着一种欣然之意。她说河流已经变清了，治理已经见到了成效。心中翻涌着暖暖的思绪，再度有了回家的渴望。夜夜流过我枕畔的母亲河，终于不再让我迷失，不再让我找不到家。那每夜的涛声，不再是流逝沧桑，不再是悲号哭泣，永远是一种呼唤。唤醒沉睡的美好，唤我归去。

听水轻唱

那是一种能将耳朵洗净的声音。它甚至不会消散于流年里，总在某个寂寂的夜，飞过时间和空间的阻隔，悄悄潜入梦里。或许每个人的心里都流淌着一条河，曾经的人歌人哭散尽，只余那潺潺之音，伴着岁月的芬芳，洗去一路上的风尘。

儿时清澈的欢乐，是每个人念念回首间的家园。总会有一条小小的河流，每天淌过你的眼睛，就像那些沉默的岁月，当河流多年以后淌过心上，所有曾经的沉默都成为水声的背景。是谁在记忆里轻唱，是母亲低低的摇篮曲，是村外的小河永不停歇的歌声。在无眠的晚上，似乎能辨出每一朵浪花开谢之间的音符，乘着夜的翅膀，化作无数的精灵飞舞成梦里幸福的形状。

岁月如河，当告别成长的故乡，我们只能在心极静之时，去听岁月的歌声。就像在独居的娴静时刻，听拧不紧的水龙头的点滴之音，每一下都落于心湖之中，每一声都漾起无边涟漪。仿若时光轻轻的足音，悄悄惊起无尽的美好。

即使辗转于尘世的劳碌之中，偶然的水声也会让我们尘俗顿忘。入山深处，忽闻水声，那声音掠过层层林木，拾起几串鸟鸣，就这样进入耳朵。行到近前，但见水光悠悠、澄澈流碧，此时看山看树，却是另一番情趣，水声又洗亮了眼睛。于是默然而立，足下缓缓走着的波纹，便送走了太多的烦忧，这一刻，水声还洗净了心灵。

或者，于落寞时静听另一种水声。守着一扇窗儿，听雨，雨是飞翔的水，它们落在花儿上，落在叶儿上，落在心里。如果说，河流的声音是水与水之间的碰撞，那么雨声，就是水与万物的合唱。如此便演绎出太多的思绪，落芭蕉而思离愁，滴小池便涨乡情，弹瓦键则生寂寥。不同于瀑布的激昂，长久入心的，依然会是那种低低的吟唱。

水声是不连贯的，破破碎碎、断断续续，却有着一种直入心灵的节奏。也许是我们静听的心情，将之连缀成一曲天籁，浑然又怡然。那就像那些琐碎的日子，走过时，只有些许点滴片段在心底，可是在回望的眸中，岁月却是如歌般消弭了所有的空白。

喜欢自然的水声，是不经雕琢的声线，携着淡淡的风月，总会给我不期然的感动。就像我们心里住着的那条河，就像心里住着的故乡，不管河流改道他乡，不管故乡在烟尘之外，那些童年的水声一直在生命里荡漾，荡漾成永远的眷恋。

是的，听水轻唱，是最幸福的时刻吧。所以，记忆里的河流一直在。

你在那里，你不沉默。我在遥远，依然聆听。

声音的世界

临近河边的小区里，有一个聋哑人，五十多岁，几乎这里的每一个人都认识他。因为他从清晨开始，除了吃饭的时间，一直在河边，或行或立，或坐或倚，更引人注意的，是他的嘴里经常发出一种单调的"咿呀"声，就像怕别人不知道他是聋哑人一样。

可他的脸上总是带着笑容，无论看人还是看风景，眼中透着光彩，正因为如此，人们也不讨厌他时常发出的噪声。他就这样度过着自己的一天又一天，很开心的样子。小区里也有一位老者，与别人不一样，不爱去那些棋牌娱乐的凉亭树荫，只是在早中晚来河边静静地站上一会儿，更多的时间，都是闭门不出。

聋哑人渐渐地注意到了这个与众不同的老者，每次在早晨、午后或黄昏于河边遇见，他都对老者微笑示意，他发现老者看向自己的眼神里，有着很深的一种同情或者怜悯。老者向来不苟言笑，沉默地度过着一天的时光。

有一次，聋哑人又遇见了老者，在一个夕阳满天的傍晚，他不想见到老者的目光，便从老者身边走过，嘴里咿呀着。忽然，老者拉了拉他的衣袖，他愕然转头，却见老者熟练地比画出一串手语。他震惊，与之交谈，才知，老者竟也是一个聋哑人！于是，他们通过手语交流。

老者问："你每天都咿呀着做什么呢？不怕别人厌烦吗？"

他回答："哦，那是我心里高兴，在唱歌呢！谁说聋哑人不能唱歌？虽然别人听不懂，可我自己能听懂就行了！"

老者惊讶地问："你每天在河边，有什么事让你天天这么高兴？"

他得意地说："因为我看着风吹河水，看着鸟飞过，看着人们走过，就像在心里听到了浪花的声音、鸟的鸣叫、人们的说话声，所以就特别高兴！你看，我能用自己的方式听见一切声音，还能用自己的歌声表达高兴的心情。老伙计，难道你不能吗？"

老者叹了口气说："我什么也听不见，什么歌也唱不出，一直就是这样啊！"说完，他站起身，踩着一地的夕阳向小区里走去，而聋哑人却怔怔地看着老者落寞的背影。

唱歌的聋哑人早已不为聋哑所囿，他能听得见声音，能发出歌声，生活离他是如此之近；而另一个老者，寂静与沉默的生活一直纠缠不休，他永远挣扎在日复一日的相同心境里，苦难仍在继续。

只要心存美好的情境，即使聋哑，也能拥抱声音的世界。而心境沉寂了，便是永远的无奈与折磨。那个老者如是，我们太多的人也如是。

心檐滴雨

　　有很长一段日子，表姐都是生活在重重苦难之中，先是下岗，然后婚姻破裂，时隔不久，她年仅十四岁的儿子因打群架伤人致残而被送进了少管所。所有能支撑她坚持下去的理由都一一破灭，那些日子，她心若死灰。

　　在我们的城郊，有一座归元庵，庵中有几位老尼，香火不断。表姐萌生了出家的念头，她觉得这是唯一的解脱途径了。她三番五次地去庵中，恳请老尼为她剃度，可老尼却总是拒绝。表姐铁了心要遁入空门，后来便站在庵门外，说如果不让她出家，她就一直站下去。她也果然那样做了，从下午一直站到第二天天亮，而且下午的时候便开始下雨，雨虽不大，却连绵不断。向前走两步就可到庵门的檐下避雨，可表姐不去，她眼睁睁地看着檐上的雨水成串地滴落在地面的青石上。由于长年累月的滴雨，青石上布满了深深浅浅的小坑。直到黑夜来临什么都看不清了，表姐仍呆呆地对着那雨檐。

　　第二天清晨雨停了，天也放晴了，青石上的那些小坑里积满了水，在阳光下莹莹地闪着光。老尼开门出来，见表姐还站在那里，便执着她的手语重心长地说了一番话。听了老尼的话，表姐看着那些水坑出了一会儿神，便转身走了。

　　两年以后，表姐的馒头连锁店在我们的城里已开到第七家，她的孩子也已回来，学习非常努力刻苦，穿过重重的阴霾，生活终于又对她露出了笑脸。我们感到欣慰的同时，也都佩服她的坚强。

　　谁想到多年以后，我的生活竟然也到了山穷水尽的地步，真真实实地体会到了那种心灵上的绝望。那种万念俱灰的感觉，真的是让人想出家。那些日子，我如行尸走肉一般，麻木且毫无生机。正是在那最艰难的时候，表姐来到我的身边，看见表姐，我仿佛看到了一线希望，我很想知道，她当年是怎样从黑暗中走出来的。

　　表姐握着我的手，回忆了一遍她曾经的日子，神情坦然平静，仿佛只是在讲别人的故事。最后，她告诉我当年那位老尼对她说过的话，一直以来，她从没对人说起那个雨后的清晨，老尼究竟对她讲了什么。

　　那个清晨，老尼拉着表姐的手，说："你一直看着地上的那些水坑。这么硬的石头，长年遭受雨水的打击，也变得伤痕累累了。可是你看啊，那些小坑里盛满了水，亮亮的，多好看啊！"

　　那一刻，我的心中忽然闪过一丝温暖的亮色。青石用一颗包容的心去接纳打击，虽然满是伤痕，可那伤口中溢满了阳光与璀璨。是啊，就算我们的心受过再多的打击，留下再多的伤痕，虽然有些伤永远无法愈合，但只要用苦难去填满伤口，在希望的阳光下，所有的苦难都会闪闪发光，而你的心也会变得晶莹无比。既然如此，还有什么可怕的，用充满希望的心去迎接生活中的暴雨吧！

微笑着开门

那一年我在一家公司当业务员，推销一种防盗智能卡。我们是上门推销，每个业务员都有自己的推销范围，我负责的那片是一个高档住宅区。小区的十几栋楼里都曾留下我的脚印，可是却收效甚微。

最初的时候我还是充满了希望和豪气的，轻快地穿行于楼群之间，举手按响一个个门铃。可是每一扇防盗门内似乎都没有我的希望，甚至很难敲开一扇门。有的人隔门一问，听说我是搞上门推销的，丢出一句"不需要"便打发了我。有的人把门打开一条缝，警惕地看着我，得知我的身份后便"咣"地关上门。几乎每一家都是这样，那一扇扇门隔断了沟通也隔断了希望。

也曾想过放弃，可是一想，要做出一番事业必然会经历挫折。于是背起包又出发，从头开始一家家地敲门或者按门铃。可是并没有转机出现，有的人开门一看是我，便把手一扬，说："怎么又是你？不是说过不需要吗？"一天奔波下来，白眼冷遇遭到了不少，心也逐渐随着人们的目光冷漠下来。以后依然是这样的日子，每一扇门开之前我都准备好一张更冷漠的脸。这样的恶性循环，更是增添了相互的憎恶，业务更是谈不上开展下去了。

那天我在小区 5 号楼里逐户地敲门，正是周末，几乎每一家都有人，然而依然是不出所料的失望。在五楼的一家敲门时，忽然想起这家似乎没有人，因为以前多次敲过都没人应声。敲了几下正想离开，门却在转身的瞬间开了。我蓦然回头，与一张温暖的笑脸猝然相对，那双含笑的眼睛使我的脸迅速解冻。门后站着一个女孩儿，不到二十岁的样子，这让我很是惊讶，一般像这样的女孩儿是不会给陌生人开门的。我一时竟无语，连笑容也没来得及准备，倒是那女孩儿主动问："你是推销东西的吧？"我连连点头，把智能防盗卡的功能说了一遍，女孩儿接过卡摆弄着，说："嗯，很实用，我买一张！"我更是吃惊，她连价格还没问呢！付过钱后，她问我一天销售出去了多少，我苦笑着说："一个多星期了，只卖出这一张！"女孩儿笑了，说："刚才我看见你一脸的木然，根本就没有笑容呀！那人们怎么会接受你呢？"我说："可是别人也都是一脸冷漠呀！"女孩儿正色说："别人冷漠你就更应该微笑了，为什么要让别人的表情来影响你的心情呢？再说，微笑是可以传染的，只要你真心地微笑，总会换来别人的笑容，这是真的！"

那一刻我的心忽然被触动了。我问女孩儿："为什么你会和别人不一样，是微笑着来开门呢？"女孩儿说："不管是谁敲门，我都会微笑着迎出来！"我问："你不怕有坏人？"她说："不要因为少数的坏人而影响多数的好事嘛！"我的心再次被震撼了。

我的脚步重又充满了力量，在每一扇门打开之前，我都要露出最诚挚的笑容。果然，人们渐渐地接受了我，我的销售量也开始大幅度提升。我忽然明白，自己之所以敲不开太多的门，是因为心里的那扇门一直紧闭着，而且，我没有微笑着站在门后。只有先打开自己的心门，才能敲开一切的希望之门，而微笑就是一把神奇的钥匙。

我非常欣赏一句话："每个门铃响起的清晨，我都会微笑着跑去开门，无论门前站着的是送鲜花的人还是送噩耗的人！"

我就是那个笨小孩

刚搬到县城郊区的时候，还没进新租房子的门，就看见一个男孩被另一个男孩一脚踹在屁股上，趴在地上，旁边几个男孩哄然叫好。他们都是不到十岁的样子，见那个男孩倒地，便一哄而散。倒地的男孩见别人都走了，嘻嘻一笑站起身来，他竟然比别的孩子高出许多，长得也很健壮。发现我在看他，他冲我憨憨地一笑，捡起地上的玻璃球，很是高兴地跑开了。

后来我才知道，这个男孩姓印，叫印象。不禁好笑，这个印象真是给我留下了深刻的第一印象。

第二印象也挺特别，当时，我正站在门外，看着陌生的街道发呆，印象就跑过来，他跑动的时候，口袋里飞出哗啦哗啦的声音，他拿着一个带五色花瓣的玻璃球，问："咱俩弹琉琉啊？"我们这里把玻璃球叫琉琉，心想我都上初一了，早不是小屁孩了，怎么可能和你们一样趴在那儿弹琉琉呢？印象见我不玩，就把手中的玻璃球递给我，我不要，他却一拍口袋，欢快的哗啦声便被拍醒了，应该有几十个玻璃球在拥挤碰撞。

拿着玻璃球看着印象的背影，心里有着浅浅的感动，忽然他转过身来，大声冲我说："对了，我就是那个笨小孩！"

渐渐地我才发现，印象在这一片儿相当有名，笨小孩，是几乎每个人口里常提到的。印象也总是很大声地对陌生人说："我就是那个笨小孩！"似乎笨成了他的标签，也成了他的骄傲。

直到那个夏日中午，我才领略了印象笨的冰山一角。由于还没有联系好要转去哪个学校，无所事事的我便在门前的短街上转悠。由于天热，街上静得只有若有若无的风走过，偶尔会有叫卖冰棍儿的声音刺破几乎凝固的阳光。然后我就转悠到了印象家门前，向院里看了一眼，却看到印象正以一个奇怪的姿势在凝固的阳光中凝固着。他赤着脚，只穿着短裤，倒立着倚在西墙上，举向天空的双脚落满了阳光。

他一动不动不知多久了，直到我在墙外看了超过五分钟，他才翻过身站起来。我问："你这是干啥呢？"他擦着满头满脸的汗："于爷爷说，每天中午让脚心晒晒太阳，能长高个儿，还能不得病。"于爷爷是我们这片儿一个老中医，我就笑，越笑越是停不住，印象也跟着我大声笑，笑够了，他问我："你笑啥？"这又唤醒了我新一波的笑，我边笑边说："那你非得倒立啊，坐着也能晒着脚心。"他却很认真地告诉我，倒立能锻炼身体。

当我从公园转了一圈回来，又遇见了印象。他已经穿戴好，口袋里依然飞出藏不住的哗啦声。这时候，有两个小孩远远地跑过来，踢踏着一地的阳光和尘土。印象立刻两眼放光，冲他们大声喊：
"哎——我就是那个笨小孩！"那两个孩子闻言跑得更快，到了近
前对印象说："你就是那个笨小孩啊，来来，咱们弹琉琉！"

三个人或蹲或跪，弹得兴高采烈，旁观了一会儿，见印象弹
得实在是准头太差，确实是有些笨，一会儿工夫，他就输了两个
玻璃球。我看得没趣儿，就走了。没走出多远，便有吵嚷声追上来，
回头看，那两个孩子把印象踹倒在地扬长而去。而印象却笑着爬
起来，也一溜烟不知跑哪儿去了。早就听说，总有这一片儿之外
的小孩来找印象玩，就是为了来赢印象的玻璃球，看来传言不虚。

我转到了附近的学校上学，学校有小学部和初中部，结果，印
象也在这儿上学，读三年级。而且他在学校里一样有名，听说学
习极其刻苦，可成绩却是倒数，他的老师经常摇头叹息，说这个
孩子真是好孩子，努力、热心、能干活儿，可就是有点儿笨，怎
么学都不会。

有印象在，每天全校的课间操便成了我们很快乐的时光。领
操台下，就是印象，他在黑压压的队伍最前方。领操台上的学生
做操很标准很优美，可是台下的印象却像个大猴子一般，手舞足蹈，
没有一个动作标准，没有一个动作在节奏上，而且经常自行发挥。
我们虽然做着操，目光却全汇集在印象身上，一阵压抑着的笑声
渐渐地便冲破了控制，经常是操场变成了笑的海洋。听说他一直
学不会做操，体育老师一气之下，让他去领操台下跟着领操员做，
结果依然学不会，反而成了我们喜悦的源头。

笨小孩印象给周围的人带来了许多快乐，他自己也是快乐的。当有一天，我看到他和别人弹玻璃球，又被人踹倒之后，看到他快乐地爬起来，就问："他们总来找你玩，就是为了赢你的玻璃球，你怎么那么笨？"他想了想，说："要是我不让他们赢，还有谁来找我这个笨小孩玩呢？"说这话的时候，他的眼中竟有着一种无奈的沉重。我又问："你有多少玻璃球？够他们赢的吗？再说，他们都赢了，怎么每次都踹你一脚？"他告诉我，他有很多玻璃球，而且每次最多让别人赢两个，超过两个，他就会开始赢别人，别人输了就会踹他，然后就不玩了。

我刹那间忽然有些感动，这个笨小孩，竟然是聪明的，他知道没人和他玩，就用了这样的方法。他也是害怕孤独的，哪怕吃点儿小亏，也喜欢和别人一起玩。

后来，印象家里出了些变故，他也很快就不去上学了，然后他母亲带着他就走了，没人知道去了哪里。他一走，这一片儿，还有我们学校，就失去了一丝快乐，却多了一丝想念。可是那想念，很快就被光阴的流水冲走了。

许多年以后，忽然听到那首《笨小孩》，时光的壁障瞬间被撕破。即使是现在，在某个旧日的梦里，我依然会看见他。看见那个高高壮壮的印象，脸上淌着笑，大声地对我说：

"对了，我就是那个笨小孩！"

有一声呼唤穿越地久天长

我至今很清楚地记得，那是寒冬里最长的一个夜晚，我躲在梦的温暖里，忽然，于梦中听到一声呼唤，有人在叫着我的小名，现在早已遗忘了梦里的情节，只是那声呼唤却在心底落地生根。

四十年无人叫的小名，那亲切温和的声音，或许是多年前的爷爷奶奶，或许是年轻的爸爸妈妈，或许是年少的叔叔，或许是童年的姐姐们。那是一个大年夜，我三岁左右吧，家人们围坐在桌前包饺子，我和姐姐们玩了一会儿就困了，躺在滚热的炕上睡着了。不知过了多久，便听到有人在轻唤我的小名，那声音把我从梦里领出来，张开眼，年夜饭已经快要开始了，亲人们都围坐在桌旁，每个人都在甜甜地笑着。

记忆太过于久远，以至于亲人们的容颜都是模糊的，在摇曳的烛光里，真的如梦境一般，可是那种暖暖的感觉却是那么清晰。是那时的那声呼唤吧？穿透沉沉的岁月轻轻地落入我的梦里，我多么不愿意醒来，想多听几声，仿佛自己还是那个小小的孩童，所有的亲人都在，都还年轻。可我却那么快地醒了，醒来已是两鬓飞雪，独自对着漫长的寒夜。

我呆呆地回想，是从什么时候开始，亲人们不再喊我的小名了呢？是上了学后，觉得自己的小名丢人让同学们嘲笑的时候，还是在课本上、作业本上工工整整写下自己大名的时候？总之，当亲人们和认识的人们开始叫我名字的时候，我便离童年越来越远了。我多么眷恋那样的黄昏，每家的院子里都飞出长一声短一声的呼唤，各种各样的小名在村庄上空交织成一张大网，我们便一哄而散，各自回家吃饭。

学生时代，老师同学，都是直呼大名，只有同寝室的兄弟，互相以"老几"相称，多年以后重聚，依然是那样叫着，恍惚之间就唤回了青春的时光。走出校门之后，接触的人越来越多，称呼便也多起来。其实，除了那些尊称、头衔、职位之外，总有一个称呼，是独一无二的。

于是，在那个最长的冬夜，醒来后便再也难以入眠。梦里依稀的呼唤声仿佛犹在耳畔，往事融合着夜色，紧拥着我，而心中却起伏着沧桑与温暖，喟叹中微笑，微笑中落泪，落泪中幸福。除了遥远的亲人，除了那曾经声声入耳如今声声入心的小名，更是想到了太多的呼唤。能在这样的夜里。穿越时光之河在我心底响起的，都不会被沧桑篡改，虽然光阴已经篡改了太多的细节，那一声呼唤却永远鲜活如初。

虽然时光和心情都已走远，却总会有一声呼唤像一粒种子般，从心底破土而出，发芽拔节，抽枝长叶，葱茏成无边无际的回忆与眷恋。就如这个忽然醒来的夜里，心绪如窗外的雪花，似从虚无而来，堆积成生命中不可碰触的圣洁遥远。

很久很久以后的一个夏天，走在陌生城市的街头，忽然听到一声轻呼，一下子就牵绊住了我的脚步。转头看，一个年轻的母亲正在叫她的孩子，而那个小男孩的小名竟和我当年的一模一样！明明知道，再不会有人叫我的小名，可是，那个刹那，不再年轻的我却依然被唤醒了所有的岁月。

奇怪的哭声

　　搬来这里的第三天夜里，正昏昏欲睡之时，邻居家便传来一阵哭声。那哭声很突兀很响亮，连厚厚的墙都没能阻挡住，它填满了黑暗，也驱散了我好不容易才酝酿出来的睡意。那是一个男人的声音，细听之下，哭声没有丝毫压抑控制，又有着一种苍凉，仿佛孩童从噩梦中惊醒，又仿佛历尽悲伤的宣泄。我判断不出痛哭之人的年龄，心里有一种很怪异的感受。

　　哭声在耳畔流连了十多分钟，才戛然而止，就像来时那般毫无预兆。次日早晨，我在窗前看到邻居家出来一对老夫妇，近七十岁的样子，有说有笑地走向小区外的公园。到邻居家敲了一会儿门，确认家里没有人，便知道昨夜哭的是那位大爷。我也多次见过老年人哭，有的是因子女不孝而心碎饮泣，有的是因白发人送黑发人而悲痛欲绝，有的是因老来无成而泣下数行。而像邻居家大爷的那种哭，却是第一次听闻。而且刚才看他们的状态，似乎生活中并无忧患悲伤之事。

　　我也来到门前的公园里，远山近水，云霞花草，在一步一步的朝阳里，柔暖着亲近我的心。在那片空地上，一群老年人正在跳广场舞，阳光洒在他们身上，都是一脸的怡然。我在队伍中看到了邻居家老夫妇，笑容和风一起流淌着，特别是大爷，每一个动作都充满了活力，很难想象，昨夜他会那样放声大哭。

　　那以后，隔三岔五，邻居家的哭声就会在深夜里袭来，每一次我都试图从哭声中分析一下大爷当时的心情，也不停地猜测着他有着怎样的经历，却总是茫然无头绪。渐渐地，和大爷大娘熟悉起来，每一次遇见，都很亲热地打招呼，偶尔也会在门前闲聊一会儿。因为知道大爷偶尔会在夜里哭，所以聊天的时候，我都不去问他们家里的情况。而大爷却很健谈，讲起他年轻时的一些"壮举"，依然豪情万丈。

　　时间久了，便习惯了夜里偶尔的哭声，也和邻居们都熟悉了起来，于是零零星星地拼凑出邻居家大爷的大概经历。子女不孝，白发人送黑发人，老来无成，我曾看到过的那些哭泣的老年人，他们哭的种种理由，邻居家大爷都有。

　　听说了他的身世之后的一个夜里，当哭声再次响起，我便仔细去听，想从中找出这几个理由所引发的情绪，只是依旧茫然。那哭声并没有那么复杂，依然是清澈中带着苍凉，一种很奇异的融合。加之他每天表现出的乐观积极，我觉得他的哭，绝不会因为这些理由。

　　后来，虽然某些夜里哭声还会响起，我却渐渐不再想着去探寻哭声背后的故事。直到有一天，邻居家大娘来借毛笔，她和我说，大爷忽然兴起，想写一幅字，可家里没有那么大的毛笔，想着我可能有，就来问问。我很惊讶："大爷还会书法，这么厉害！"大娘就笑，话语虽像讽刺却透着自豪："他呀，啥都会鼓捣鼓捣，这辈子也啥都没鼓捣明白，都是一瓶子不满半瓶子晃荡。唉，多少年不写字了，估计他也忘得差不多了，再过几年，估计啥都得忘没了，连我都得忘了！"

看我有些惊讶，大娘说："你住了这么长时间了，有时候他半夜哭，是不是吵到你了？他呀，从去年开始就这样，说不定哪天半夜就醒了，醒了就哭，什么都不记得，连我也不认识了！"

大娘带他去医院检查，说是间歇性失忆症，各种药吃了挺长时间，也没有什么明显效果，后来大爷犟劲儿上来，就不吃了，还说全忘了才好。我问："半夜醒了失忆，为啥哭呢？"

大娘就不停地笑，笑得眼泪都快出来了，才告诉我，大爷每次哭完后，大娘就问他为啥哭，起初几次大爷很害怕，像小孩看到陌生人那样。后来次数多了，就熟悉了，大爷那个时候，就是个四五岁的孩子，所有的记忆也都是四五岁时的，他告诉大娘，是找不到妈才哭的。每次哭完，大娘就和他说几分钟话，然后把他哄睡了，早晨醒来，大爷就全然不记得昨夜发生的事了。

"有时候他也不是全忘了，早晨醒了会跟我说，梦见妈了。"大娘的笑容渐渐隐去，"他啊，这辈子都觉得对不起妈，他爸死得早，就留下他一个孩子，他妈把他拉扯大，后来他出去上学，又赶上动乱，就离家越来越远……"

后来太平了，大爷也自由了，就回了乡。可是老妈却早已不在了，听人说，是死在挺远的路上，连个收尸的人都没有。他找不到老妈的坟，于是带着无尽的悲痛与苍凉离开了故乡，再也没有回去过。

那个夜里，当大爷的哭声乘着黑暗而来，我仿佛看到了一个四五岁的男孩找不到妈妈时，泪流满面的样子。

前行的足音是春天的心跳

　　跋涉过多少重山叠水，追赶过多少日月星辰，就这样一直走，走到冬天成为身后的背影，走到东风吹入北风，走到阳光下的雪在燃烧，走到冰河融成暖流，走到青草咬痛裤管，春天便莅临了，它的心跳重合着前行的足音。

　　于是额上的汗水飘成雨露，衣上的尘埃飞作浮云，眼睛里葱茏着季节的光影，心底的希望生生不息。每一个春天都是一个温暖的驿站，让沉重的脚步轻松，抚慰疲惫的心灵。漫天响彻的鸽哨里，写满了关于远方与梦想的消息。

　　一个火红的日子，带着爱与暖，带着情与盼，带着笑与梦，走进每个人的心底。过年，是时光里的一炉火；回家，是漂泊中的一座驿站；团圆，是尘世间的一抹眷恋；祝福，是那一夜最温暖的话语。当再次走出家门，踏上长路，心底便盈满了力量。就像天边划过的候鸟的身影，云路迢迢，追赶着那一分明媚。

　　行走在春天里，每一个足迹都和大地一样沉默着，在沉默中孕育着破土而出的情节。多喜欢这样的时节，走过了冬的梦魇，脚步轻盈欲飞，一切都在蓬勃生长，一切都在渐入佳境。就连心情，也柔软如大地，如春水。一颗柔软的心可以融化这世间许多的坚硬，就像东风吹融坚冰，就像草木轻抚山岭。

每一声足音，每一次心跳，都是一粒种子，种在大地上，种在心田里。行走在春天里，一路都是最美的相遇，走着走着河流就笑了，走着走着鸟儿就唱了，走着走着花儿就开了，走着走着心情就暖了。四季的轮回并不是单调的重复，时光中的每一个细节都不可复制，而时光中的自己，每一天都不同。不同的自己遇见不同的细节，便碰撞出全新的眷恋。

春天和我们的脚步一样，撒了欢儿地奔跑。于是，在勃勃的心跳声里，心情和万物便撒了欢儿地生长。在这样的情境里，前行的身影都是风景，动人的跫音都是天籁。面对这样的天地，我总是情不自禁。偶然间发现，阳台上一盆干枯了许久的花枝，不知什么时候绽出了一点新芽。它已轻轻悄悄地迈进了春的门槛。

那么，我们也出发吧，走进春天的心跳。无须行囊，有梦就够了；无须陪伴，有春天就够了。

黑土地上笑出的泪珠

破谜儿

夏日的午后，妈妈坐在炕上给我缝补刚脱下的衣服，针线筐箩里的各种缠线棒和大大小小的纽扣静静地散落着，阳光和风裹挟着南菜园里果蔬的气味，从敞开的窗口拥进来。妈妈忽然抬头对我说："我给你破个谜儿！"

我立刻高兴起来，在当时的农村，我们这些小孩子都喜欢破谜儿。破谜儿就是猜谜语，多年以后我觉得这个词的意思，可能是打破一种疑问，而且也可以理解成打破沉闷的时光或心情。我们从很小就接触破谜儿，大人们哄孩子时，也经常说："别闹了，来，我给你破个谜儿！"

于是，院子里，经常会有人问小孩子："南阳诸葛亮，稳坐中军帐。摆起八卦阵，单捉飞来将。"于是小孩子们大喊："我知道，是蜘蛛！"往往这个时候，檐下的一张蛛网上，一只大黑蜘蛛正静静地伏卧着。

或者吃饭的时候，也有人会问："大脑瓜儿，小细脖儿，光吃饭，不干活儿。"第一次听到这个，我们一通乱猜，把各种东西都快说遍了。可是大人们却不告诉答案，于是我们出去见人就问："大脑瓜儿，小细脖儿……"

再或者是冬天的时候，窗外的北风无边无际地狂奔，雪花一片接一片地扑在窗户上。我们围炉而坐，姐姐们就会给我破谜儿，也不知她们都是在哪儿听来的。二姐说："四四方方一座城，城里住着十万兵。出去八万去打仗，回来只剩十一名。这是什么字？"我在那儿正想着，大姐就猜出来了："是'界'字！"

然后大姐说："出门一脚，当啷一镐，南天门挂镜子，树上落家雀儿。猜四个古代人名。"这个很难，大姐自己也不知道是啥，猜了半天，我们只确定"南天门挂镜子"是赵（照）云。后来琢磨"树上落家雀儿"就是要飞，所以可能是岳飞，因为以前人们总是把"岳"读成"要"。前两个却怎么也想不出来，正好有人来家里串门，他们告诉我们，第一个是庞涓，第二个是薛礼，还给我们讲"出门一脚"是"旁卷"，"当啷一镐"是"白刨"，薛礼穿白袍。

我当时觉得这两个很有些牵强，远不如有一次在大舅家大舅给出的那个好："刘备打马出城西，曹操拉着关公衣。周瑜三更来点将，霸王帐中别虞姬。"这是猜四种水果，在我们一群小孩子的讨论之下，全都猜了出来，分别是桃（逃）、石榴（实留）、枣（早）、梨（离）。

那时候，谁要是听到什么好的"谜儿"，便会逢人就说，于是一些古老的"谜儿"就这样在村庄里生生不息。

妈妈一边给我缝补着衣服，一边说："不大不大，浑身尽把儿；不点儿不点儿，浑身尽眼儿。"我就笑，这也太简单了，刚学会说话的时候就知道的。妈妈也笑，拿起衣服给我看，上面挂着几个老场子（苍耳），而她手上的顶针正和阳光灿烂地交流着。

多年以后，当我看到衣服上挂着一只不知从哪儿带来的老场子，轻轻拈着它，这个"不大不大，浑身尽把儿"的小东西，柔柔地刺醒许多遥远的岁月。

要啥像啥

我顶着风雪进门，对妈妈说："妈，我想要一个冰尜！"之前看村里的伙伴在冰上抽尜，抽得尜飞快地旋转，便羡慕不已。

母亲瞪了我一眼："我看你像冰尜！"

20世纪七八十年代的东北孩子，都曾听过这么亲切的话语吧？那时的母亲们都有着同样的态度，在她们的眼里，孩子要啥就像啥。就像那个炎热的夏天，远远地传来卖冰棍儿的声音，我正要去找邻家的孩子玩，隔着墙头，就听见他说："妈，我要吃冰棍儿！"屋里传来他妈妈很高的声音："我看你长得好像冰棍儿！"

其实，我们那时候也知道，开口朝妈妈要什么东西，肯定是得不到满足的。可我们却总是一遍遍不厌其烦地要，万一哪次妈妈答应了呢？只是，妈妈们也是不厌其烦地说着那句古老的话：

"我看你长得好像弹弓！"

"我看你像火药枪！"

"我看你好像宝剑！"

"我看你像头绫子！"

"我看你像……"

不过也并不是每一次都会被拒绝，都会被妈妈说成像什么。有一回村里学校要选拔几个毛笔字写得好的，过几天去镇上参加书法竞赛。我其实挺想参加的，可是我没有毛笔，放学后就和妈妈说："妈，妈，我要买毛笔！"

我正在习惯性地等着妈妈说"我瞅你长得像毛笔"，可是妈妈竟然没有说，而是问我买毛笔做什么，然后给了我钱。这个意外让我惊喜了很长时间，买回毛笔看了半天，终于有自己不像的东西了。

村里有个聪明的小女孩，故意和妈妈说："妈，我要买一朵花！"她妈妈立刻习惯性地说："我看你长得像一朵花！"她立刻眉眼带笑地跑出去，边跑边喊："我妈说我长得像一朵花！"

我们就在像各种东西的过程中成长着。那些以前想要的东西渐渐不再引起我们的兴趣，我们像的东西也越来越新越来越多。当有一天，我们向妈妈要什么东西时，妈妈不再说出那句熟悉的话，我们在若有所失的同时也知道，自己已经长大了。

第二章　比刹那更短，比时光更长

比刹那更短，比时光更长

一个寒夜的梦里，散乱的情节却温暖了一枕的冷清。醒来默坐，窗外依然是飘飞的雪和小兴安岭腊月的寒流，而心底却像落了一场雨，所有曾经的点滴片段，仿佛静静地滋润了一生的时光，从来不需要想起，却一直在心底盈然。

有时候，刹那间的一点光一滴暖，都可成为生命中永不消散的感动。

沿着时光的脚步追溯，我看到了最初的那个刹那。那个时候，刚刚从农村搬进城里，完全不同的世界展现在少年的我面前，便生出许多起起落落的黯淡心绪。或许是自卑心理的影响，在学习方面毫无优势后，便开始用偏激的行动来引起别人的注意。有一次和别人打架后，被老师在办公室门口罚站。当时心里正愤愤，老师教训了我几句，转身开门进屋时，我看见他嘴角扬起一丝笑意。门关上的瞬间，一句他和别的老师说的话从门缝挤了出来："这孩子和我小时候特别像……"

　　那一刻，心上的茧壳片片剥落。老师曾经那么多的严厉话语，那么多的语重心长，都不及这无意间的一丝笑意半句闲话。许多年以后，再见曾经的老师，已是垂暮老人，从没提过以前的事。或许他不知道，是他当年的微笑和话语，使一个叛逆的少年从此改变。在另一片海阔天空里，那点滴的感动与触动，洗亮了所有的黯淡。

　　短短的一瞬，影响着长长的一生。或许每个人的生活中都有着类似的情节，看似遗忘，却一直在散发着温暖与力量。就像落在心间不经意的一粒种子，不知不觉中已生长成郁郁葱葱的希望和美好。

　　就像一个朋友所说，一直自闭，一直恐惧，一直防备，这是她从小到大的常态，只因为她是孤儿。关于家，关于亲情，她只是从书中知道概念，却无法理解其中的意蕴。就这样一直到高中，她几乎一个朋友都没有。就算别人善意地欲与她结交，她也总是冷漠以对。那时班上有个女生是城里人，家境也好，对她总是关心，女生眼中真诚的关怀，让她打开了心扉。对于朋友来说，那个女生真诚的关怀，穿透了所有成长中的迷茫岁月，照亮了以后所有的路途。一如一只温暖的手，轻轻地叩开了她心里那扇冷漠的门。

　　足够了，漫长的岁月中，哪怕有过一个能融入我们生命的刹那，所有的日子便都有了意义。不管风雨起落，长路长夜，那份感动，那份爱，都会延伸向永远，成为心心念念间最美的心灵家园。

与光阴对坐

常常有那样的时刻，静静地坐在小窗之后或斜阳之下，风儿淡淡，草木默然，心里有着一种极细微的感触，每一个轻轻的波动都如琴弦轻颤，在心灵上奏出舒缓而绵长的旋律，仿佛周围的时光都漾着涟漪，宠辱皆忘，万虑俱宁。

就像去除了所有的羁绊，脱离了所有的桎梏，世界与生活既在身外也在心里，在身外遥远，在心里温暖。于是，感悟于一沙一石之细，动情于一草一叶之微，心儿从没有这样柔软过，一阵若有若无的风好像都能在上面留下印痕。

其实，凡尘劳碌，每个人都在生活中匆匆来去，操不完的心，忙不完的事，那样静坐的片刻，是可遇而不可求的。身畔熙攘嘈杂，心里忧烦拥挤，而那难得的静默时刻，就成了最为留恋的清宁。虽然只是短短时间，却成了生命中的后花园，灵魂憩息于其中，远离尘嚣，就像奔跑的长路上短暂的休息，发现路旁绽放的最美的花。难得的一瞬，却释缓了长久的疲惫。

有时会想起李白的《独坐敬亭山》，那相看两不厌的，不是敬亭山色，应该是我们一直在匆忙中忽略的流淌时光。很是眷恋那样的场景，在小窗后坐拥流年，满庭花草轻轻摇曳，打开的书卷放在窗台上，阳光暖暖地透窗而入，照着我微笑的脸。那时我刚刚步入社会，还没有体会世事艰辛，每天的空闲时间，看书，独坐，默思，光阴的脚步在心上留下一个又一个生动的足迹。

以为会很长久的悠然，却在日复一日地奔走中，心上渐渐蒙尘结茧，很难感受那种来自心灵的宁静。一个中秋节的夜里，家里亲人团聚，热闹至极，忽然收到一条短信，遥远之处一个朋友发来的，他说他自己坐在河边看月亮，很静，很美。忽然想起，似乎已经很久没有看过月亮了，即使在这个月圆月美的夜晚，嘴里说着月亮，却也想不起出去看一看。是啊，现在的我们，连抬头的时间和心情都没有了。

于是那个夜里，独自走出家门，在小河边，看月亮渐渐爬上天空。澄澈浑圆中，仿佛心化清辉弥洒天地，无远而不至。原来，最美的光阴一直都在身畔，等着我们与之对坐，可我们却极少停下匆匆的脚步。及至回头时，却发现时过境迁，光阴的河流中，一直不曾去徜徉，却已经风尘满面鬓染秋霜。不是光阴辜负了我们，而是我们辜负了光阴。

所以，当看到别人刹那的失神，我会心生羡慕，我知道，那是一个人最美的时刻。是的，那样时刻，心上的尘埃飞散，心上的茧壳剥落如花，只有时光淌过，淌过微笑的脸。

流年谁染南园

　　那个园子在老宅的院南，老宅在故土，故土在千里之外。二十多年的光阴，被回忆挤压得薄如一扇玻璃窗，看得见那一片蔬绿花红，却无法再去碰触，一如无法再去碰触那些圣洁遥远的年华。

　　园子不大，其间土埂纵横，割划出多年以后心中无法消散的印痕。一围矮墙，墙头上是用秫秸扎成的栅子，便笼住了一园葱茏，也将那些觅食的家禽隔在外面。常常于春日的清晨，凝神于霞光中的园子，那些浅浅深深的绿，中间是母亲年轻的身影。那些绿，有了母亲，便光彩重生，就像大地有了朝阳。那时的母亲，腰身挺拔，发黑如染。而如今，却如秋日园中的向日葵，深深地弯下腰去，亦如见缝而生的蒲公英，白了头。

　　最南边的围墙旁，有两棵杨树，而靠近院子的一侧，却是一株甜杏。春来无迹，却在绿杨叶畔，在杏花枝头，映着吐苗的青蔬，于是春色满园。那杏树，是早夭的姐姐亲手植下，那白杨，是已故祖父年轻时的无心之荫。白杨底下，还埋葬着祖父的那匹白马。

而园子中间，亦长眠着我家那只活了十四年的花狗。眷眷之间，满园念念情深，于是花更红，树更绿，日子更柔软。

在那些难忘的夏日里，墙上的栅尖上，便盈盈立了几只红绿蜻蜓，薄薄的翼翅上载着阳光。园里果蔬的花儿间，穿梭着蝴蝶和蜜蜂。那时，经常隔着矮墙，与邻家的小妹说话，或者给她捉蝴蝶，她的眼睛里，盛满了夏天的缤纷。邻家小妹酷似曾经的妹妹，而妹妹的目光，在那杏树的每一片叶子间，如暖阳轻轻洒落。

曾经和妹妹在园子里摘那些黄了的菇茑，轻抚那些嫩嫩的小黄瓜，或者在秋日，把金灿灿的玉米棒子垒成墙，看那些老鼠偷偷地从洞里溜出来。亦曾在两棵白杨的树干上，系了绳子，我们在简单的秋千上，让满园的花树时远时近。这个园子里，每一处，都印过妹妹的足迹，每一处，都曾被妹妹清澈的目光抚摸过。

在那些夏夜里，敞着窗，或长风流淌，满园的瓜菜于起伏间暗香浮动，或有月如盘，树影临窗。于是在那些香影的怀抱中沉睡，梦里也是一片芬芳。离乡之后，再也没有那样沉酣的梦境，有的只是醒来时的午夜，枕畔凄清如水的月光。

喜欢看秋天的时候，园中蔬菜已经寥落，可是麻雀们却活跃起来。它们成群地落在地上，啄食着那些残留的草籽。人一近，便呼啦啦飞走，集在两棵高高的杨树上。那时还不知，这些静美的日子，也终会如鸟般飞走，只是不再回来。往事如鸟乱飞，撞得心底疼痛中带着甜蜜。

童年的园子，在流年中，在回望里，绚烂缤纷，点染着它的，是岁月，是心绪，抑或是沧桑游走中渐渐荒芜的心境。那园子，千里之外依旧变幻着秋黄春绿，一年年的轮回，一季季的相思，永远系着生命中眷恋着的方向。

时间会把幸福还给你

　　人的一生中，总会有些东西被时间的长河所带走，就像那些生生灭灭的浪花，美丽却在不停地消逝。可是，时间也会回赠给我们许多美好，除了那些随波而来的希望和憧憬，便是那些远去的，回望，亦是美意盈怀。

　　身处苦难之中，总会感叹命运，怨命运夺走了太多的幸福。可是再长久的痛苦，也终有过去之时。有时这成为我们走过艰难的精神力量，一切都会过去，再沉重的生活也不会拖慢时间的脚步。感谢时间，总能把折磨我们的种种送远。更奇妙的是，当我们走过痛苦，再回头去望，那些曾经的挫折伤痕，都会有一种幸福的感觉。有人说，那是因为我们超越了痛苦而回头去欣赏痛苦，其实，被命运剥夺的幸福，都被寄存在时光里，在某个心静如云的时刻，给我们一份不期然的感动。

　　可是，在这个世界上，也真的有人潦倒到老，也真的有人终生不乐。是时间将他遗忘，还是他们的苦难超越了人生的长度？时间不会把任何一个人遗弃，有人之所以郁郁终生，是因为在风尘磨难中，枯了心里希望的泉。有的人在世事风尘中，在挫折打击中，让心上起了厚厚的茧，于是淡了痛苦的感觉。那不是坚强，是麻木，一颗麻木没有希望的心，感受不到痛苦，同样也感受不到幸福。幸福一直在时光里，是我们的心把它拒之门外。

有的人会在痛苦之中找到幸福。而我们却常常嘲笑他们，笑他们心大，笑他们只会自我安慰。其实可笑的恰恰是我们，没有人愿意在痛苦中长久地挣扎沉沦。即使再黯淡的日子，也会有闪亮的时刻，让眼中充满色彩。抬头看云，低头见花，只要心一直柔软如初，便会于身边发现让我们幸福的种种。哪怕只有点点滴滴，也能汇成清亮的溪流，浸润生命。如此，才能让心不疲惫，才能有力量走得更远。所以，有时，幸福并不一定全都存在于时间的彼岸，它或许就在我们低头的瞬间。

所以不要放弃心里的希望，希望就如一片土壤，能生长出许多美好。也不必为今天的苦与痛而伤感失落，当时间走过，心灵的空地上便会开满花朵。所以，且把痛苦当成幸福的种子，在未来的某一天，便会将生命丰盈得灿烂无比。

一窗流年

　　我喜欢独处，不是在春郊夏野，不是在水畔山间，只要一个小小的房间就好。也许身在角落，心才会更无际无涯。四壁有书才好，被书籍拥着、期待着，会有着一种幸福感、满足感。必不可少的，一定要有一扇窗，不管多小，只要能纳一庭风月，只要能让目光和心情自由飞出，就好。

　　红尘里，我也拥有着一扇小窗。常常坐在窗前看书，也不必多专心，一片友好的阳光，一缕调皮的风，一朵摇曳的花，一串垂落的鸟鸣，一只路过的蝴蝶，都可以把我的目光牵引出去，然后便邂逅忘情的种种。墙角的一株青草，天空的一朵闲云，或者春暮飞花，秋深落叶，都让我的思绪进入一种很远很远的境界中去。待得回过神，书已被清风翻乱，有时候也不去找看到哪里，随意一页继续看起，那些缺失的情节，都已被刚才失神的时光填补。

　　我总是想，如果窗前能有数竿翠竹，该是增添了多少清幽之气。或者是窗外一棵高高的柳，夏天里倾听知了的声音。最好是在如染的夏夜里，萤火虫点缀着小窗。只是身在这极北之地，此生还从未见过活的竹子，也没有见过萤火虫。知了倒是在异地他乡相逢过，也许匆匆聚散，还并未感受到它们的聒噪。这些美好的，我都没有。或许正是因为我没有，才会觉得它们美好。

于是总是想起《红楼梦》里的一个片段，大观园初成，贾政带着一些清客相公连同宝玉游园，待到得潇湘馆，便看到一带粉垣，数楹修舍，千百竿翠竹遮映。贾政见此情景，便说，若能月夜坐此窗下读书，不枉虚生一世。每每看到此处，都对这句话深有同感。那样的情境之中，即使不读书，哪怕倚窗发呆，也是美好至极。

我也经常倚窗发呆。发呆的时候，似想非想，身在神飞，一种很奇妙的状态。冬天的时候，小窗紧闭，外面大雪飘飞。于是便抛了书，支颐而坐，看着漫天的雪舞，然后，便把目光锁定一片雪花，看它从高处不规则地飘落，看它中途与别的雪花相撞，看它投入大地的怀里，然后，神思就恍惚起来，飞雪就隐约成了一种背景。

从发呆的天地中回还，雪势未减。便忽然想到，虽然我的窗外没有翠竹，没有萤火虫点亮星光，没有高柳鸣蝉，却有无边无际的雪花。想必这些，也是遥远的南方难得一见的吧？看来造物还是公平的，红尘里随处的一扇窗，也有着只属于它自己的美好。

而且发呆不分季节晨昏，也无法预约，可遇不可求，总是在某个瞬间突然而至。就像那些清风，那轮明月，总是不邀而自至。一直想在墙上挂一副对联，就写：不请自来风做客，难能可贵月为邻。虽然是我胡乱自诌的句子，却很喜欢，只是自己毛笔字的水平实在不堪，虽然小屋甚少访客，终究是不雅，所以，这副对联至今仍挂在我的心里。

我的小窗从不挂窗帘，所以一些事物可以随意来访。风是常客，而且登堂入室无拘无束，久了我便不怎么留意它，除非它弄乱了案上的稿纸。雨可以在窗外流连，偶尔的几滴尚还可以让它进来，雪虽然美，却是无缘窗内，只好在外面的寒风里表演。风雨雪都是近得可以一拥入怀，而月却孤高出尘，且不时时处处，只在某些个晴好的夜里，在天上行走到一个位置，才会从窗口窥视未眠之人。月亮很远，月光很近，就像人很远，心很近。所以，无论月亮还是月光，都真的是难能可贵的芳邻。

喜欢每一个清晨，或晴或雨，或暖或寒，或霜或雪，都是小窗的装饰，从迷梦里走出来的我，张开眼睛，便能有一个美好的开始。

泪光洗亮时光

已是四月，门前水上公园的湖面上，冰依然还未消尽，融开的部分星星点点地散落着，像无数只睁开的眼，我知道湖水很快就会醒过来。我喜欢在这样的季节缝隙里行走，漫步于阳光的河流中，看着很多美好的事物正一一生发。

忽然听到一阵孩子的哭声，转头，一个八九岁的女孩跟着怒气冲冲的妈妈，边哭边说着看电影，似乎是妈妈答应带她去看电影却又临时有事变卦了。泪水、电影，这两个关键词刹那间犁破岁月的壁障，我在瞬间的通明里，望见了久违的泪与美。

那是二十多年前了。当时我在一个小公司里工作了三个月。有一个女上司，三十多岁，冷若冰霜，不近人情。我们平时都难以与她交流，她偶尔和我们说话，都是在我们讨论最近有什么新影片上映的时候。她对电影很感兴趣，特别是悲剧的或者感人的。有时候她也会和我们一起去看电影，我们发现像她这样冷冰冰的人，泪点却特别低，往往我们并没有觉得情节有多感人或者多难过，她却已经哭得泪如雨下，而且一发而不可收拾。奇怪的是，事后如果说起那部电影，她都会很茫然，当初哭得那么稀里哗啦的，可是竟全然忘了内容。听那些老员工说，她就是这样，如果没有和她看过电影，根本不知道她还会哭。

三个月后我就离开了那里，曾经的人与事也渐渐随尘烟消散。四五年后的一个秋天，在哈尔滨的中央大街上，我邂逅了曾经的那个女上司，而且是她先认出了我。她还是原来的样子，此刻却多了些许的暖意。说起往事，她忽然笑了，刹那间她脸上的阳光就生动起来。

她说那个时候她各方面压力都很大，家里的烦心事也很多，每天都压抑着，总是想狠狠地哭一场，可是自己一个人的时候哭不出来，更不能当着任何人的面流泪。所以，她就去看悲剧或者感人的电影，在影院里，在黑暗中，她可以肆无忌惮地哭，即使被人看见也没什么。

所以她根本不是为了去看电影，只是为了去哭，为自己而哭。忽然觉得，是不是每个人的冷漠坚强背后，都有着将要决堤的泪？就像她所说的，哭过之后，会轻松好几天。

中学的时候，班里有个男生，特别活泼好动，每天都和别人嬉笑打闹，典型的自来熟人来疯。而且每次下雨的时候，他都会欢呼着不管不顾地冲进雨里，在操场上跑几圈再回来，淋一身雨，湿漉漉地上课。那样的时刻，他全然不顾所有人的目光。其实我很羡慕他，只要喜欢就冲，没有那么多顾虑。

后来才知道，他的家里很不顺，父亲工伤，母亲卧病，哥哥嫂子对他们不好，姐姐又因受刺激而精神失常，一直在治疗中。开始的时候，我还以为这个人实在是没心没肺，长大后才觉得他其实是很乐观的。就算当年他每天沉默寡言，每天呆坐静思，又能怎样呢？那只会更黯淡甚至扭曲了自己的心吧？他的那些笑与闹，可能也是一种宣泄吧！

前些年回老家，和还在故乡的昔日同学小聚了一下，那个男生也在。大家回忆起青春岁月，似乎每个人的记忆里都有着他的身影。他依然是那么爱动爱笑，可在那一刻他忽然安静了下来，他告诉我们，那个时候，他其实是很压抑的。虽然每天都那么闹着，可是只要一静下来就会感受到铺天盖地的沉重。每次下雨的时候，我们都看着他笑着冲进雨里，可是在操场上跑着的时候，他的泪水就会在雨水的掩护下，汹涌着淌下来，哭够了，才跑回来，又变成那个快乐的男生。

原来，曾经那个小小男生快乐的背后，有着那么多的泪水。就像他所说的，那时候非常盼望下雨，就是为了痛痛快快地哭一次。也许，每个人在成长岁月中，都需要一场泪雨，来洗去心上的尘埃，来洗亮眼中的世界。

就像此刻，身在湖畔的我，竟已想不起上一次哭是什么时候。于是，面对着空悠悠的天地，感受着浩浩荡荡的风，忽然就有了流泪的冲动。

纸糊的时光

在一些保存完好的古城或者古宅里闲行，那些各种样式的古老的窗总是牵绊着我的目光。除了常见的正方形和长方形外，还有圆月形、八边形、扇面形等，每一种形状都带着不同的风情，在岁月里静默着。那窗棂的复杂结构，无数形状各异的小格子组合成极为精美的图案，把光阴滤得极细且长。

窗户纸已经陈旧，不知保存了多久，或者是后人重新糊上的。轻触之下，带着一种韧性，似乎并不能一捅就破。阳光纷纷扑落在窗上，室内的地上就印上一个浅浅的图形，宛若时光的身影。如果月夜坐此窗下读书，蛩声满耳，风月满怀，该是无边的静美与惬意。躺在床上，看月光把窗户纸撞得越发清明，听细细的风在窗户纸上留下一声声叹息，还有什么可比此良宵呢？

二十世纪五六十年代之前的东北有三大怪，其中之一就是"窗户纸糊在外"，听母亲说，那时多是木制小格窗子，条件好的人家可能窗子中间有一小块儿是玻璃，窗户纸是一种很粗糙的麻纸。

我并没有经历过糊窗户纸的年代，可是我小时候，一进门，总是会被纸包围着。

那时候家家户户几乎都在墙上糊报纸，我家的四壁和棚上，也糊满了报纸。多是《人民日报》《农村报》《黑龙江日报》这一类。我经常沿墙看那些报纸的内容，小故事，小笑话，精短的小说，有韵味的散文，各种漫画和谜语，名人名言，甚至连时政新闻我也看得津津有味。有时候正看到有趣处，下面的内容却被别的报纸压住了，便急得抓耳挠腮却又无可奈何。

夏天的午后，家人都躺在炕上歇晌儿，我便盯着棚上的报纸看，那时的视力竟然那么好，再加上棚并不高，可以清晰地认清很小的字。看着看着，就会发现一只蜘蛛悠然地迈着八条长腿走过，或者一只多腿的墙串子伶俐地掠过那些字句，还有小憩的苍蝇和胆大的蚊子，停在那儿一动不动，似乎在钻研某个字，又似乎在努力使自己变成某个字。那样的夏天，我的目光会一次次爬过满墙满棚的报纸，和那些爬虫飞虫一起流连着带着墨香的美好。

过了一段时间，邻炕的墙上那些报纸被烟熏得变了颜色，而另外的墙上，或者因为雨后潮湿，或者因为阳光日日走过留下了深深的足迹，或者因为墙面泥土的浸染，报纸上就会显现出各种暗黄暗黑的不规则图案。还有的报纸破损，露出黑色的墙面。报纸的内容我早已熟知，躲在炕上，更多的时候是盯着那些图案发呆，有的像狰狞的鬼脸，有的像酣卧的猪，有的像飞翔的鸟，还有一块特别像家里的黑猫，而且越看越像，然后，有一天它从墙上一跃跳下来。跳进了我的梦里。

我家屋里的东墙上，常年挂着日历，我们那时叫洋黄历。母亲每年年底买回来时，它又小又厚，以一个鲜红的日子作为开篇。最开始的时候，我和姐姐们都喜欢撕日历，每天谁起得早，第一件事就是去把昨天的那一页撕掉。在回忆中把每个早晨的情节连接起来的，就是我和姐姐们轮番撕着日历，一年的日子就化作片片薄薄的时光，如蝶纷飞。

有时候我起得晚了，没有撕到日历，也并不生气，而是站在那儿仔细看着今天的那一页，日历下面往往是名人名言或者小笑话一类，把喜欢的记在我的一个小小的日记本上。父亲母亲有时候也会仔细地翻着日历，看哪一天是哪个节气，计算着农田里的活计。有时候早晨起来，看到一个红色的日子，便欣喜无比，因为那一天可以不用上学，日历上的红色把一整天都染得幸福无比。

冬天的时候，墙上的报纸就更惨不忍睹了，地中间的火炉和跑烟的炉筒子把它们熏烤得黄而脆。而此时墙上日历已经变成薄薄的一层，却累积着一年的重量。火炉熄灭了的夜里，墙角处便悄悄地凝了霜，白天霜又被火炉融化成细细的小溪，轻轻流淌过长长短短的字字句句，留下无数条蜿蜒的痕迹。这个过程每天都在重复着，直到过年的时候，墙上才会变得喜庆而热闹。

好多张大大小小的年画贴上了墙，每一张都是红红火火的祝福。我喜欢那种有故事情节的年画，比如《金陵十二钗》《大闹天宫》《白娘子》《梁祝》。它们抢了报纸的风头。再加上对联福字和挂钱，还有财神和各种剪纸，报纸已经默默地让自己保持低调，成一个背景，像一个舞台，承载着年的欢乐。

当农历年过去很久之后，当春风吹开了门户，当新归的燕子在檐下忙着筑巢补巢，满墙的报纸已经千疮百孔，于是阳光漫洒的日子，父亲会再去抱回一摞新的报纸，而母亲已打好了一大盆糨糊，我们动手撕下墙上的那些旧报纸，它们被团成一堆，就这样落幕了。可是我并没有什么遗憾伤感，因为新的一层喜悦正在等着我渴盼的目光。

一年一年，轮回着我的这种渴盼，可是不知到了哪一年，四壁上再无报纸的身影，被文字包围的日子一去不返，我的渴盼也如水逝云飞。如今属于我的纸时光已过去了三十多年，曾经满墙的报纸，那些字字句句，依然在岁月深处生动着，生动成一片朴素而眷恋的海，让我于满目繁华的迷茫中，看到一条回归的路。

旧时光里的硬币

多喜欢那个遥远的夏天，一声声叫卖冰棍儿的吆喝。带着一种透着清凉的诱惑缠绕住我的心，于是捏着一枚小小的二分硬币飞快地奔出家门，换来那一份清甜。于是盛夏褪去了炎热的外衣，只剩下渴盼中的美好。

只是那时手头的硬币并不多，一分二分五分，宝贝似的留着，藏着，买一根冰棍儿，是要好些天才能做一次的奢侈事。后来不知从哪一年开始，冰棍儿竟然涨到五分钱一根，我就更少去买了。那时候也不清楚自己留着钱要干吗，就是舍不得花。

再大一点儿的时候，我用一个大的不透明的塑料瓶做了一个存钱罐，把瓶盖封死，瓶身上割出一道缝隙，于是我的那些硬币就从这道缝隙进入了新家。有时候得到一枚硬币，便急急地塞进去，喜欢听硬币落进"存钱罐"里的那一声轻响，极为悦耳。有一次我在村里闲逛，在路上捡到一枚一分钱硬币，虽然它那么脏，可是在我的眼里却闪着迷人的光。

　　我不知你有没有这样玩过，把一枚硬币放在一张白纸的下面，用铅笔不停地在硬币的位置涂抹，然后硬币上的图案和字便清晰地在纸上出现了。那时候我们乐此不疲，一分的，二分的，五分的，正面，反面，涂满了很多纸。多年以后，我也忘不了笔尖在那些硬币的凸起上行走时的细微触感，而那些图案更是印在了生命的最初，永远绽放着朴素的美。

　　后来我家搬到另一个村子，第一年借住在亲戚家的空房子里。墙上有一面不大的镜子，右下角处有几条交汇在一起的裂纹，交汇处粘贴着一枚五分的硬币。我曾多次想把它抠下来，只是它粘得那么紧，又怕把镜子弄碎，尝试了好几次我终于放弃了。只是每次照镜子，它都会牵引着我的目光。

　　邻家有个比我小的女孩，在一起玩的时候，她的手里总是攥着一枚特别新的五分硬币，在太阳下银光闪闪。起初我们以为她是在炫耀，后来才知道那是她姑姑给她的，她一直留着舍不得花。于是每次有卖冰棍的过来，我们都怂恿她去买冰棍吃，或者我们自己买了故意在她面前夸张地吃，她都不为所动,虽然能看出她很馋，但那五分钱就像长在了她手上一样。

　　有一次，她不知怎么把那枚硬币弄丢了，一时哭得惊天动地，然后疯了似的在犄角旮旯里找，一天天地找，却一直没有找到，她家里人送了一枚硬币给她，说是找到了，可她看了一眼就摇头，也不要。从此她的笑容就消失了，总是自己默默地走着。后来我们才知道，她的姑姑对她特别好，去年因病去世了，她想念姑姑，所以时时刻刻拿着那枚硬币。

一年多之后，我家搬到了村西头，有了自己的房子，我也上学了。我积攒的那些硬币，就换成了铅笔橡皮本子等，心里很有一种满足感，觉得比吃冰棍更舒畅。这个时候我已经换了一个存钱罐，依然是自制的，用一个旧的铁饭盒改成的。没事的时候，我会把它拿在手里，沉甸甸的，满是喜悦，稍一晃动，盒里的硬币就会欢快地唱歌。有时我会把硬币都倒在炕上，仔细地清点，幻想着可以买些什么东西。

有一年过年，家里一时找不到铜钱，于是母亲向我借了一些硬币，有几个包进了年夜饺子里，饺子出锅后，还要放一些硬币在锅里压锅。这是我们过年的风俗。吃年夜饭时，饺子上桌，我们姐弟几个都盼着能吃到带硬币的饺子，吃到了，就代表着新的一年有福。所以，即使已经吃饱，我们还会强迫自己多吃几个，吃不到就满心失望，看着吃到的人羡慕不已。后来也就想开了，因为不管谁吃到，都是自家人，谁有福都是全家有福。

后来我家搬进城里，那时我刚刚上初中，仿佛只是刹那间，所有眷恋着的生活就都走远了，等着我的，都是不被预料的心境和心情。我依然带着那一铁饭盒硬币，偶尔会倒出来看看，却总是满心的怅惘，似乎匆匆之间，很多东西一去不返。有时也会如从前一般，把一枚硬币垫在纸下，却再也涂抹不出曾经的快乐，就像心再也无法回到曾经的清澈。

一年一年，曾经的硬币终于渐渐消失在生活之中，特别是那些古老的一分、二分、五分的，似乎很难再见。我那一铁饭盒硬币，也在一次搬家时失落了，至此，所有的回忆都无枝可依。想起儿时邻家的女孩，忽然就懂得了她当年丢失那枚硬币时的心情。

四月香雪

虽然冬季供暖还没有停，但四月的脚步是属于大地山林的，迎着活泼泼的北风，会感知那份寒冷里已少了一分肃杀。万物似乎知道长梦将醒，都于沉眠中流露出一丝丝呓语的尾音。

我常常拽着那一缕尾音，拖着笨重的棉衣棉裤，跌跌撞撞地爬上山坡。一些积雪依然缠绕着脚步，在更高更厚的地方，雪先融成水再冻成冰，仿佛是两个季节正在纠缠不清。在这时光错乱之处，就会遇见冰凌花。

冰凌花从冰雪中钻出来，小朵小朵的金黄色花盏盛满了阳光，它们的出现宣示着春天已经到来，尽管身畔依然是无边的风与雪。于是，流淌的风和沉默的雪都被染香了；那带着芬芳的风吹开了我浅浅的笑，那带着芬芳的雪洗暖了我清清的目光。

我的春天也是从那些冰凌花开始的，虽然立春已经过去了两个月。当雪变香了，春天就来了。我喜欢这样的时节，就像月亮出来了，夜就来了，就像思念萌芽了，爱就来了。虽然春天来得晚些，可是我喜欢这样的开始，因为有雪，香的雪。

我们的四月，依然是会下雪的。四月的小兴安岭如果没有雪，就会少了许多独特的韵味。四月的每一场雪虽然时间很短，却很猛烈，雪花大而密集，攒攒簇簇地扑落下来。如果是四月末，除了山上的冰凌花，大地上还会有先开的花，比如达子香。

我总是在雪后，去门前的公园里，或者去不远处的河畔，寻找已开的花。除了达子香，有时会发现一两株其他的花木迫不及待地甩下同伴，不知何时已悄无声息地绽放了。每一条枝上，每一朵花上，都积满了雪。一点点的鲜艳，从团团的洁白里渗透出来，有的则半遮半掩，别有风情。在我们这东北之北，梅也畏寒，因此我此生还未见过梅开雪舞、梅上堆雪的情景，可是有了眼前的这几株花木，便也没有什么遗憾了。

花上的雪覆盖了娇颜，却挡不住暗香浮动。似乎可以看见，那些香气正一丝一缕地从雪花的缝隙间溜出来，紧紧围绕着雪，拥抱着雪。所以花上的雪是香的，那是真正的香。掬一捧于手中，香气依然缭绕着不散。我喜欢四月末的雪后，雪与花的相约。虽然我知道，也许不过一天的时间，雪便会融尽，可是美好的事物本就难遇难求，有过这样的一个午后便就足够了。

有一次，我看见一个人在小心翼翼地收集花上的香雪，便猜想着她会用这些雪做什么。沏茶？入药？或者养花？不管怎样，都是很美好的。就像她那轻柔的动作，源于一颗心的温暖与柔软。我一时也起了心动了念，可是苦于没有盛雪的容器，也不知拿回

去做什么。想想还是算了，把芬芳的雪留在心底，也是最深情的
珍惜吧。

后来我忍不住问她，收集这些花上的雪做什么。她的笑意轻
轻流淌，说，拿回去放在冰箱里，养着这些雪。

多好啊，养一些春日花间的雪。我也愿意在心里，养着这些
美好的春天啊！

五月春暖

日历上的五月，节气已经跨过了两步，立夏与小满，可在小兴安岭的皱褶里，春天的足痕才刚刚显示出来。历时七个月的漫长供暖期正式结束，所以室外越暖，室内越阴冷，室外的春与室内的秋，就碰撞出一个寂寞而充实的我来。

寂寞缘于日复一日地与自己相处，总是忘了季节的变换，虽然心在满壁的书籍里充实着，可有时看到透窗而入的阳光，会忽然惊讶，从哪一天开始，阳光竟然这样温暖了呢？阳台上的几盆花草正葱茏着，楼上不知是谁在弹着手风琴，一曲《春暖花开》，把我的心撩拨得痒痒的，似乎有什么美好的东西正要破土而出。于是扔了书，走出门，《春暖花开》的旋律追着我走出很远。

门前的水上公园里，很多老年人坐在背风向阳的地方，或树下，或长椅上，白发和笑容里洒满了阳光，他们的目光掠过初青的草地，越过新绿的树木，直到缠绕上南山上横着的浮岚，于是眼中满是翻涌着的喜意。走到岸边，那一湖清清的水就淌进了我的眼睛，我记得几天前，湖冰还未全解，而此刻，水中只有天光云影。短短几日真是换了人间啊，不远处的几株达子香开得很灿烂，榆叶梅也一朵一朵地盛满了风和阳光，连翘都低垂着头浅笑，初开的丁香正从羞涩走向张扬。

记得前年夏天，就是在这里，我笑问一群孩子，无船无桥不会游泳怎么过河，他们想了那么多办法都不对，有一个孩子最后说，等到冬天河面结冰就可以走过去了。其实这个问题我也是没有答案的，那一刻忽然很感动，明白有些看似绝路的境遇，其实只需等待，时间自然会把它变成坦途。就像我回望刚刚走出来的那个巨大的冬天，七个月的风雪寒冷，也在这个午后忽然就等来了春暖花开。

几天后趁着天气晴好，驱车回乡扫墓，小兴安岭的山林正鲜嫩得如一滴清晨的露。越是往南，山色就越成熟，车子似乎快过时间的脚步，正迅疾地追赶着迟来的季节。一个多小时后，驶出了山口，前面铺展开阔无边际的大平原。目光和心情便一下子毫无阻拦地飞了出去，水稻已经插秧，田地边一排排的绿杨在风里招招摇摇，远天边那一大团的云低得像是要垂落到地上，地平线处升腾着曲曲折折的地气。几只喜鹊低低地飞翔，翅间流淌着阳光。

五月的大平原，一直是我梦里故乡的背景。哪怕沧桑过后的物是人非，依然能唤醒岁月深处的恋与暖。祖坟附近的田地才刚刚开始翻土打垄，黑油油的泥土正等着拥抱一粒粒种子的梦想。不远处的村庄有几缕炊烟升起，偶然的鸡犬之声像是从梦里传来。那一刻，在大地上，在长风里，在阳光下，我温暖得像一个孩子。

忽然感觉生命也一片开阔，冬天和各种阻拦都已远在身后，眼前只有这五月，这平原，这温暖，还有无边无际的希望正和季节一起走向繁盛。

客里光阴

在沈阳上学的三年里，闲暇时我总去大操场后面的那条河边，河面并不宽，流水总是那么从容慵懒。河上有一座弯弯的桥，通向对岸有些荒芜的大地，大地上散落着几处土房院落，时有鸡鸣犬吠掠过那些高高的茂草涉水而来。

黄昏的时候，夕阳便踏波而来，在河面留下生动的足迹。我站在桥上，看向曲折的上游远方，那种淡淡的亲切感便把我的目光镀上了一层乡愁。这一脉流水像极了故乡村畔的小河，所以我经常来这里，让它洗去心上的繁芜。

河畔有钓鱼的，多是一些老人，他们身畔的光阴如流水一般清静，偶尔一声轻笑便漾起涟漪。其中有一个老者与众不同，他根本不在乎有没有鱼咬钩，只是看着一河流水沉默。后来熟悉之后，就经常和他说话，他给我讲述他那么多年的经历，那样的时刻，任鱼竿孤独地与水亲近。

这个老者在沈阳定居已近五十年，他来自吉林农村。几十年前的往事如昨，他能清晰地记得许多细节。他说退休之后更愿意在这条河边坐坐，因为这条河像他故乡的河流。我问他为什么不回老家，他轻轻地叹，老家早没人了，物是人非，或许连物都已改变，再也回不去熟悉的故乡了。可即使有着如此的沧桑变迁，故乡却一直在他心底温暖着，故乡或许已面目全非，可故土永远沉默着深情。

确实是这样，不管住多久，他乡永远变不成故乡，他乡，只是儿女的故乡。人在异乡，总会找一些与故乡相似之处，去久久流连。即使没有那样的地方，还有一轮不变的月，能倾听游子的叹息与心事。

有一年的初夏，回故乡呼兰小城办事，午后走进城西的西岗公园。这个园子里，栖着太多我青春的思绪，也留下了太多我少年的足迹。许多东西都改变了，只有满园草木还似旧时一般葱茏，只有不远处的一弯呼兰河影还如当年般清澈，刹那间，心上便重重叠叠地涌起带着亲切的失落。

一路捡拾记忆，却偶遇一个老同学。我们一眼认出了彼此，哪怕中间隔着那么多年的光阴。听说他在更遥远的南方，起初那些年还好，可是后来就越来越想念故乡。那里没有和故乡相似的地方，他在休息时总是爬上后面那座山，站在山顶，把目光和心情飞向老家的方向。远望可以当归，其实是无可奈何的带泪的伤情。

人真的是这样，在岁月中走得越久越远，心便离故乡离往事越近。越是走近老年，便越接近童年。

我在小兴安岭深处已经二十年，在山林之间，难觅与故乡大平原上相似的景物，偶尔也会登高远眺，更多的时候，是寄情于一草一木之微，凝神于一水一流之细。只有草木相似，只有流水相通，足可让我的心生长往事。

也许，每一个离乡多年的人，都会有着如许的感慨，谁也不会想到，当年离开的那一刻起，足音便敲响了一生的漂泊。

回不去了。时空变换，彼时彼境的故乡，只能在心底深情着永不改变。即使归去，也是感伤多于安慰。在外是客，久离归来也成客，这是生命更深的苍凉。

时光的折痕

爷爷坐在六月的阳光下喝酒，酒壶放在身前的小桌上，只有一碟咸黄豆做下酒菜。花狗转来转去，小鸡们也在围观。我坐在稍远一点的一块石头上，正听爷爷讲他年轻时的故事。

那些浸润着酒气的陈年往事，让我也有了微醺的感受。细细地看爷爷的脸，每一条皱纹都生动着，阳光和笑意盈满了每一条沟壑。多年以后回望这个场景，忽然觉得，是不是人的一生中每一次重要的经历，最后都会在脸上刻下一道痕迹？就像我的爷爷，脸上的深深浅浅，短短长长，记录了多少难忘的坎坷曲折。

就像我曾经收藏了许多年的那些信件，由于无数次地阅读，无数次地折叠，信纸上的折痕便越来越重，甚至快要断裂，似不可碰触的遥远年华。而信上渐渐模糊的字迹，也如云烟般的往事，只记得心情，却模糊了细节。回想这半生，走了多少回头路，并不是为了寻找遗失的东西，而是一次次从迷失的方向上回归。那么，每一次的转折，是不是也会在脸上留下一条皱纹，或者，在心上留下一道折痕？

熬夜后的清晨，看着镜中的容颜，总会有一瞬间的惊骇。镜中那个蓬头垢面、目光黯淡的人是谁？细看，眼圈发黑，额上眉间也已有了刻痕，便会生出刹那间的恍惚。我的心里还有着那么多憧憬，还有着那么多梦想，还会为许多事好奇，还会随喜随忧，怎么就憔悴苍老如斯呢？也许时光的潮能把一颗心冲洗得圆润无尘，而岁月的风总会消肌蚀骨，这是躲不开的变迁。幸好，心上还未蒙尘。于是再看镜中的自己，便也寻到了熟悉的印象。

我翻出几大本古老的相册，想看看到底是在哪一年，脸上生了第一道皱纹。儿时，少年，青年，一路看下来，照片串起了所有走过的路，一些以为被淡忘的，此刻都被唤醒。总是看着看着，便会有一种陌生感，那个乖巧的儿童，那个孤独的少年，那个笑着的青年，真的都是我吗？怔然良久，才记起最初的目的，于是重翻数不清的岁月，与无数的自己对望。

是从乡下搬进城里的那一年吗？可那张照片上只是少了笑容。是高考失败的那一年吗？可那时的自己只是目光不再清澈。是生病的那一年吗？可当初的自己却依然微笑着。那么，是离开家乡父母远赴群山的那一年吗？可我的眼中只有希冀。第一道皱纹，似乎是无声无息悄悄镌刻，又好像是一夜之间成形，总之捕捉不到过程。仿佛时光在某处忽然跳了几跳，人便已沧桑满面。

除了第一条皱纹无迹可寻，其余的就接二连三出现，那些皱纹就像老年人喜欢经常忆起的往事，聚集在心里，也聚集在脸上。

就像父亲年老的时候，头发很少，额上脸上皱纹纵横，行动很迟缓。可是谁能把目光穿透重重的光阴，看到年轻时的父亲呢？那时的父亲是公认的帅气，而且意气风发，每天写一篇文章，每天写一首诗词，而且还经常打篮球，闲暇时拉二胡……就是那样一个充满阳光的年轻人，也终会走到暮霭沉沉。

父亲走得很突然。很长很长的一段时间里，总是想起年轻的父亲带着年幼的我，走在哈尔滨的大街上。虽然那么多的日子正扑面而来，可我们都身在最美好的时光里，所以无惧，心底满是希望。可当我送别老年的父亲，美好的年华都在身后凋零，想到再无相见之日，那一份伤痛，让我额上的皱纹更深几许。一路走，一路告别，正是那些皱纹记录着每一次的悲欢离合，每一次的人事变迁。

想起遗失的那一箱子日记，从小学到大学，我曾经怎样将日子和心情细细地描画，想着将来有一天，会带着笑，会含着泪，一读再读，重温那份美好。如今日记丢了，许多回忆，许多心情，便也丢了。有时候会想，那些日记会在哪一双眼中生动？还是在哪个角落里化作泥尘？不过也挺好，也许朦胧着的，会比清晰的更好些，而且曾经写下的每一笔，岁月都把它写在了心底，写在了脸上。在心里重新勾画那些过往，也许就是一种回首时的无悔。

很久以后的一个夜里，我梦见了年轻的父亲和年幼的自己，他们都笑着，笑得那么清澈，我看得清那笑容里的每一丝细纹。我发现，我们笑的时候，脸上的痕迹就是后来皱纹的雏形。原来，皱纹是时光把曾经的笑一点一点地描刻在脸上，那是多美好的一个过程。

所以，在笑着的时候，那些时光的折痕都漾满了生动的情意。

影暖留痕

有些影子，在心上留下痕迹，就像一团永不熄灭的火，永远散发着温暖的感动。

在我还是少年的时候，有一个场景一直记在心里。村里有个男人。在农田里干活休息的时候，他都会站在母亲的身后，挡着太阳。那时他们一家子都要下田里干活，原始的耕作，繁重的农务，其实每一户都是如此，只要能干的，都要去干。母亲坐在地头，没有树荫，他便站成一棵树，影子覆盖在母亲的白发上。有太阳的每一天都是如此，他就站在母亲身后，用草帽给母亲扇着风，母亲坐在那里，白发在轻轻摇曳。

那样朴素的年代，那样朴实的情感，太阳在上，并不高大的影子却凝重如山，也在我成长的心里刻下了不灭的印痕。

初中时家搬到了县城，班上有个女生，很沉默，极少与别人交往。即使每天下晚自习，天已经那么黑，她也是独来独往，并不像我们成群结队或者有家长接送。过了一年多时间，她忽然就转变了，开始融入我们，开始笑，开始让青春和友谊同行。她从不说改变的缘由，直到多年以后，我们早已天各一方，才在她的博客中看到答案。她从小就失去了母亲，和父亲相依为命。而父亲对她极为严厉，早早地锻炼着她自立的能力。她起初不解，抱怨，甚至仇恨，极为羡慕那些放学就有父亲来接的同学。

有时候，她会想，父亲即使不能来接自己，要是在日常生活中多给自己些安慰，她也不会如此耿耿于怀。事情发生在一个雪还未融尽的初春之夜，下了晚自习的她急匆匆往家走，天上的月照着地上的雪，并没有黑暗的笼罩，可是她的心里还是充满恐惧，而且她能听到身后不远处传来轻微的脚步声，几次回头都没有人影。转过一个巷角，她再次回头，却见在月光的斜斜照射之下，一个影子从转角外面投射到这边的地上。看着拄着拐杖的影子，她的泪水喷涌而出。她写道："父亲温暖的影子，一下子就融化了我心里所有的坚冰。"

高中的时候，暗恋班上一个女生，纯澈的岁月里，那一种心情也是悄悄地盛开。她坐在我的侧后方，有时候总想转头去看她，就像只要看上一眼，便能静下心来听讲学习。我的文具盒盖上，有一面小小的圆镜，我把文具盒半开，调整角度，便能看到她的一面侧影。不知多少个日子，我就是在那个侧影的陪伴下度过的。那面小小的镜子，仿佛我青春里的一扇窗口，让我看见一个美好的影子，鼓励我前行。直到高考结束，我也没有同那个女生说上一句话。

许多时光流走，我甚至已经淡忘了那个女生的容颜与名字，却依然清晰地记得那个镜中的侧影，它给了我青春岁月里太多的安慰与憧憬。

上了大学以后，由于种种原因，有一段时间心情很不平静。那时候，我便会拿上一本从图书馆借来的书，坐在宿舍后面的台阶上看。多是黄昏时分，我看几页书，便抬头看对面不远处那棵树，枝叶摇曳，有时夕阳会把它的影子送到我的脚下。

于是心也跟着轻轻颤动，书中的情节仿佛氤氲开来，一时宠辱皆忘。就这样形成了习惯，只要不是十分寒冷的时候，我都会在傍晚坐在那台阶上看书。间或看着那棵树的影子渐渐地变长，变淡，就像它的花儿谢落，满树叶片青青。在那样的时候，它的影子伴着我，仿佛时光里的涟漪，直入人的心灵。

依然记得那树影，已成为我大学生活最难忘的情景之一。多年以后，忽然在我们学校的网站论坛上，看到一些校友回忆过去的校园生活。有个人在问，你们记得吗？在宿舍的后面，每天傍晚，台阶上总会坐着个男生在看书，几乎每天都是如此。下面许多人回答，都说有这回事。一个女生说，当然记得，我每天都要看那个身影很久，就像一幅温暖的剪影，给了我太多的感动，许多年来一直不曾忘掉。

心里奔流着温暖的河，原来，在岁月中，我也曾成为温暖别人眼睛的影子。那份暖多年后重回我的心底，让我的生命在这苍凉的世事中，永远保持着春天的温度。

灶边往事

我正坐在炕上的窗台前闲翻一本小人书，敞着的窗外正是夏日的黄昏，长长的风从南边的大草甸上奔跑过来，夕阳从西边的檐角斜斜地跳进来，唤醒了一些影子。抬起头，看见南园土墙的短栅上，两只红蜻蜓正落在栅尖上，透明的翅在风里微微颤动。

听见妈妈一声呼唤，我便飞快地下了炕，跑到房后的柴火垛前。抱着一捆干枯的玉米秆，一股浓浓的旧香，就像拥抱着去年的秋天。几只小鸡跟在我身后，在掉落的碎屑里仔细寻找着。将柴火堆在南灶边，拿起几根塞进灶坑，火柴头哧的一声绽放出一团火花，灶坑里的柴火便被它的热情点燃了。一股浓浓的烟也活泼起来，在灶口探头探脑地窥视了一下，便缩了回去。一小会儿工夫，火焰就旺起来了，我一边摇着风车一边往里续柴，红红的火舌热烈地舔着锅底，锅里的水渐渐地便开始以笑声来回应。然后，一些白白的蒸汽就从两个半圆形的木制锅盖的缝隙间，丝丝缕缕地钻出来，汇聚在一起，变换着不同的形状。

　　我家的外屋，有南北两个灶台，各连通着两个屋里一大一小两铺火炕，灶台上是很大的锅。每当妈妈做饭的时候，外屋里就充满了温暖的烟火之气与饭菜之香。我喜欢烧火，喜欢看着柴火变成我想象的样子，喜欢摇风车，看风车向着灶膛里不停地吹着气，挑逗得火苗们更加欢快。坐在松软的柴火堆上浮想联翩，有时会有一只狡猾的鸡从门缝溜进来，小心翼翼地巡视着，并做出一副随时逃走的姿态。

　　当我拿起一根玉米秆往灶坑里添送的时候，那只鸡被惊得叫了一声夺门而出，与正涌进来的一股清香撞了个满怀。我闻到那股清香，便也跑出门，那只鸡更是慌乱，跳上墙头没了踪影。走进南园，在靠东墙的地方，两排玉米正在晚照和风里招摇，我不顾老嫩地掰下一穗玉米棒子，便又跑回外屋。灶坑里的火只一小会儿没有看管，便调皮地想跑出来，赶紧又添了几根玉米秆把它们哄回去。我把带皮的玉米棒子插在铁钎的尖上，伸进了灶膛，让它加入那个欢乐的国度。大铁锅里的水已被妈妈换成了菜，此刻正炖得兴起，香味争先恐后地挤出来。

　　又胡思乱想了一会儿，一缕不一样的香味，便把我构建的幻想世界冲击得破灭了。铁钎的这一端都有点儿烫手了，我把它抽出来，在地上扑打了一阵，玉米棒子外面的那几层已经快成了灰的皮，便脱落得差不多了。把玉米棒子拿下来，不顾烫手，用干枯的叶子用力擦了一会儿，它脱去了一层黑乎乎的衣服，香味更是浓郁起来。正好姐姐们回来，我们便把玉米棒子掰成三段，都吃得满嘴满脸的黑。锅里的菜已经熟了，而灶里的火也玩得倦了，慢慢地收敛了回去。姐姐们找了几个很大的土豆，埋在灰烬里。然后我们洗手洗脸，准备吃饭。

晚饭后，我和姐姐们都各自去找伙伴玩，直到天都已经黑透了，才踩着一地的星光回来。临睡觉前，忽然都觉得饿，才想起那些埋在灶坑灰烬里的土豆。于是都跑到灶台那儿，用掏灰耙把土豆们还带着温度的"被子"掀掉，于是土豆们就醒了，纷纷打着呵欠，屋里立刻弥漫开诱人的香味，把灯光都冲得淡了，却把饥饿冲得更浓了。把土豆扒拉出来，抖掉灰，再扒去外皮，掰开，露出里面松软的肉来，香味越发温暖而浓郁。

第二天中午，我依然在灶前烧火，这次烧的是豆秸，也就是黄豆秆。因为黄豆秆比较细，所以燃烧起来迅速。于是我坐在灶口，一边添火，一边扒拉着豆秸，把一些隐藏起来的黄豆粒拣出来。它们很狡猾，躲过了秋天的大搜捕，此刻和我捉起了迷藏，却依然被我一一逮到。正乐此不疲地清点着我的战俘，忽然房门被拉开了，阳光先钻了进来，花狗比阳光慢了一步，然后是一片说笑声紧随其后。我站了起来，那些"俘虏"被我顺手关进了口袋里。

进来好些人，都是县城里或者镇里的亲戚，有二舅二舅妈、大姨大姨父，还有本村的大舅三舅老舅。最让我欣喜的是，大姨家的表哥也来了。他比我大一岁，每一次来，都会给我带来一些好玩的东西，带来许多城里的故事。屋里一下子热闹起来，亲戚们聚得很全，是为了参加后天三舅家表哥的婚礼。我和表哥在屋里听了一会儿，花狗也在众人的大腿间穿梭，便都觉得无趣，于是一起走出房门。太阳明晃晃地在头顶挂着，满园的果蔬吸引着不怕热的蝴蝶蜻蜓，几头猪饿得声嘶力竭地叫，这一切都牵绊着表哥的目光，城里见不到的，却是我熟视无睹的。

好不容易把表哥四处投射的目光折断，我们来到村西高冈处的一片小树林里，丝丝缕缕的风挽着阳光，从浓密的枝叶间渗透滴落下来，洒了我们一身，顿时凉快了许多。表哥从口袋里掏出两把塑料小手枪，送给我一把，里面装了一些塑料球形小子弹，一次可以发射一颗。于是我俩开始射击，跟着来的花狗身上不知中了多少弹，却浑然不觉疼一般，依然身前身后地乱窜。终于子弹打光了，一时不知怎么办，忽然我想起口袋里的那些"俘虏"。放进枪里大小正合适，且比塑料子弹重，射得更有力。终于，花狗支持不住了，落荒而逃。

由于来的人太多，亲戚家里的炕都住满了，却依然不够。于是打地铺，这对于我们是很有吸引力的一件事，我和表哥最终争到了睡地铺的资格。在外屋的地上，先垫了一层柴火，又在上面铺了很厚的褥子，我和表哥躺在上面，感觉无比的踏实。以大地为床，感觉房子一下子变得大起来。

屋里两铺炕上躺满了人，当他们的说话声渐渐隐没下去，一个奇妙的世界便轻轻升腾起来。躺在大地的怀抱里，感觉自己也成了大地的一部分。身旁不远处就是灶台，依然散发着淡淡的烟火气息。窗外黑沉沉的一片，偶尔花狗跑动的声音，如夜色里的涟漪，悄悄地荡漾进我的耳中。越来越静，静得可以听到身下的柴火里，似乎有什么小精灵正在偷偷地活动。空气中静止着的干柴火的味道，干净而散淡，随着我们的呼吸也慢慢地生动起来。

　　我们两个静静地体味了一会儿这难得的情境，便开始小声地说起话来。随着我们话语的回荡，那个奇妙的世界便隐去了，又一个美丽的世界诞生出来。我问着表哥城里的事，他讲得认真，我听得入神，想象中的世界和现实的夜色融合起来，似乎就要酝酿出一个崭新的梦。而灶台就在我们身畔沉默着，仿佛也在倾听，也在酝酿。有着一种神秘感，觉得会在某个时刻，它会突然插言进来，给我们讲一段神秘的故事。

　　什么时候睡着的，可能只有檐下垂着的月光知道。张开眼睛的时候，天已经亮了，大人们已经起来了。房门开着，清凉的风已经走了进来，然后花狗也走了进来，在我们两个的身边转来转去，似乎很好奇的样子。灶台也脱去了夜的外衣，那种神秘感消失了。仔细回想，肯定是有梦的，只是已经记不分明。那些梦是从身下的大地上直接生长出来的，美好的内容太多，一时把记忆拥堵住了，也许会在以后的日子里一一回想起来。

　　于是，在好久以后，某一天，忽然就真的记起了在灶边睡地铺时，一个梦的片段。我梦见了冬天，在灶边烧火时，和花狗一起坐在柴火堆上，热烈地说着话。想来很是好笑，花狗是最沉默的朋友，除非是发怒时大叫，可它在梦里居然和我有说有笑。

　　我真的最喜欢冬天的时候，雪花和寒风在门外簇拥着，花狗总是在人开门的时候，伺机溜进来。它抖落掉一身的雪，便卧在我身边的柴火堆上，灶膛里的火苗在它的两只眼睛里亮亮地伸缩跳跃，它惬意地轻轻扑打着尾巴。一会儿工夫，锅里的白气便填满了屋子，花狗的嘴巴伸向空中，鼻尖抽动着，去捕捉那丝丝缕缕的饭菜之香。我不停地给它讲故事，它只是目光炯炯地看着我，偶尔摇尾巴，并不开口说一句话。最后气得我指着它的鼻子大骂，朽木不可雕也，它真是一点儿童话感都没有，便把它重新驱逐回风雪中去。

与灶台相对的墙边，是一溜儿大缸，上面压着两个巨大石块的，是酸菜缸。挨着它们的，是大酱缸。酱缸本是一直在南园里的，天冷了以后，便挪回了屋里。然后是我最喜欢的水缸。每天清晨，起来后，我都会跑到外屋，拿起水舀子，打开水缸盖，水面上已经结了一层不薄不厚的冰，用水舀子磕破冰面，捞起一块冰含在嘴里。刹那间，迷梦的余绪就被驱散，一缕冬天进入体内，身心便与门外的冬天相接。喜欢那种感受，感觉自己和冬天融在了一起。

中午在灶边烧火的时候，我把风车摇得飞快，看着风与火在灶膛里纠缠着扭在一起，暖气扑面而来。正想着一会儿是在灰堆里埋土豆呢，还是去外面雪地上扣一只麻雀来烧呢。抬头间，看见妈妈从酸菜缸里捞出一棵大酸菜，此时的酸菜已呈琥珀色，不再是它当白菜时白绿的形象。妈妈把酸菜叶一层层地剥下来，剥到最后，剩下一个小小的菜芯儿，递给我，我立刻宝贝似的接过来。酸菜芯是顶好吃的东西，嫩脆酸香凉，我和姐姐们在做酸菜时，经常争抢着吃。

有时候，时光就像灶里的火光般，闪亮火热而易逝。我记得许多故事，都是大人或者姐姐们讲的，就着那种暖，那种光，那种朦胧的香气。印象最深的，是《杨家将》里的一个小故事。天波府里有个烧火的丫头，叫杨排风，后来一鸣惊人，武艺高强，善使一根烧火棍，大破辽军。有时候一想到这个情节，便心里火热，拿起冒着火星的烧火棍挥舞，却也只能使花狗胆战而逃。

可是，随着时光走远，许多被火光映亮的情节都在悄悄淡去，只余灰烬里的星星点点，而在彼时彼刻，那些未曾真正在意的细节，却越发清晰，渐渐地点燃了更多的眷恋。后来的后来，回想得更多的，却是母亲长年在灶台边忙碌的身影。曾经的母亲，就这样在锅碗瓢盆交织着的烟火岁月里，走过了年轻的时光。也许，这才是我真正的怀念。

多年以后，不知老家的灶台还在不在，多想再次点燃它的热情，与它温暖相对，在火光里讲述与倾听。那些随着光阴而愈加繁茂的往事，都带着红尘里的烟火气息，带着平凡的温度，一次一次，焐热我在生活里日趋冷寂的心。

第三章　满园岁月香

满园岁月香

我很庆幸搬进县城以后，虽然离开了乡土的广阔自由，离开了田野上无边无际的乐趣，却并没有完全被桎梏在车水马龙之中。因为县城里确实有几处怡然的地方，可以将我寂寞的青春静静地安放。

那时除了去萧红故居独坐，去呼兰河畔漫步，还经常去离家很近的一个公园。公园叫西岗公园，可能是位于城西高地的缘故。那是一个绝好的去处，很静，特别是幽深处，只有风儿在游走，只有鸟儿在啼鸣。许多次说过，我的青春是寂寞的，或许也不能说是寂寞，就是一种心灵上的无依。特别是离开家乡，再加上那段时间与新同学不熟悉，举目没有熟识的人，而且也是有着一种自卑。闲暇的时候，便步行五分钟，去公园。

走进大门，从大广场的北边走过去，经过那座古老的四望亭，便是一片矮矮的林。林中有着一座塔基，周围荒草丛生。常常站在那儿发一会儿呆，想着曾经是怎样的一座高塔，如今却只余沧桑。

向南走上几十步，便是萧红墓，虽然知道只是一个衣冠冢，却总是能让我的目光久久停留。继续向西，出了矮林，便是一条从南到北纵穿整个公园的大沟，很深，并没有流水。沟上一座石拱桥，同着风儿一起走过去，就是公园的另一半。这里，便是高高的林，林间几条小路，曲折着通向惬意的去处。

我就是这样，慢慢地穿行于这片林木之中，地势又低下去，看见公园的西墙，看到那一角小门。目光越过围墙，便会与不远处呼兰河的流水相接。倚在某棵树上，遥看一河波光，便洗去了心底的诸多烦恼。即使冬天的时候，我也是这样走到这里，雪地上一串长长的足迹不离不弃，河流虽然凝固了，却依然在我的眼睛里写下了清澈。

所以最初的时候，我眷恋着公园的西半部分，也不知从哪一天开始，便喜欢看东边热闹的人群，闲走的，跳舞的，扭秧歌的。那些以前吵扰不堪的音乐声，也不再觉得厌烦。后来就来得少了，上了高中，学习紧张，偶尔来一次，想起以前的心境，便也觉得感慨。幸好走出来了，这个园子，有着一种可以让心灵宁静下来的东西。

只是没有想到，我落寞的心竟再次与这个园子相遇。大学毕业后有一段时间，那么多的梦想破碎在现实中，再加上一些事情的不顺，整日里都有些消沉。有那么一个午后，鬼使神差一般，又走进了公园。看着熟悉的一切，想着曾经的小小少年，便恍惚了一下，仿佛一阵风走过的刹那，六七年的光阴就溜走了。没有走曾经总走的那条路，矮林间有一块空地，传来棋子敲击棋盘的声音。

下象棋的有好几伙人，每处对弈的两个人周围，都站满了观战者，多是中老年人。本来就对象棋感兴趣的我，便也挤了进去，看其中的两个人酣战。

一看就看上了瘾，楚河汉界之间，便浑然忘了忧。于是每天去看，渐渐地，由围观到上阵，由败到胜。后来，经常出现我和一群人对弈的情况，那些人研究半天，才走出一步，而对面坐着的对手，全然成了傀儡。那许多日子，就是这样度过，我的棋艺也突飞猛进。秋天快过去的时候，有一次，大战一场之后，从棋盘前站起身，看到空地上满是落叶，四望之间，那些高树矮树，都已删繁就简，忽然觉得，自己的心里也是空旷了许多，以前那些琐碎的种种，不知何时已随长风散尽。

离开了下棋的那个幽隐之地，便再没去过。此后便离开了故乡的小城，二十年如一个不真实的梦，其间回去过几次，都是匆匆，无暇再去旧地。去年的初夏，陪姐姐回呼兰办事，办事的地方紧挨着西岗公园，便再次走进去。公园最热闹的东半部分，被修建得更好了，四望亭依然。我沿着曾经那个少年的足迹，一步一步，向西，每踏出一步，都敲响岁月的回声。从少年到中年，从故乡到异乡，多少情怀已不再，多少情节已被光阴篡改，而如旧的园子，却依然给了我久违的温暖。古老的塔基，萧红墓，石拱桥，远处的呼兰河，还有我的脚步，都不曾改变，只是那片林子却如我一般，不再年轻。

返回矮林中的空地，远远地听见棋声笑语，心便活跃起来。到了近前，细细地看每一个人，却早已没有记忆中的那些面孔。时光，在这里，上演了流逝。我挤在观战的人群里，带着微笑，看着，看着，一盘棋的时间，重叠着那年的两个季节。离开的时候，回望满园的草木正在欣然着走向繁盛，也看到了自己的青春还在其间绽放，便微笑，连一些物是人非的感慨也消散了。

慢慢地走出来，不断地回望，满园的芬芳和回忆也在看着我走远，就像那许多许多的岁月。

鸡犬之声相闻

　　听到外面狗叫声，我飞快地跑出去，利落地翻过西边的院墙，就到了邻家。邻家院里正热闹，许多孩子都来了，夕阳也跟着傍晚的风来了，我们进了屋。邻家男人已经吃过饭，正坐在炕头上，戴着一顶破旧的帽子，我们都围拢着他。他见人多起来，就卷了一支烟，抽完，咳嗽了几声，便放开嗓子唱起来。他唱的是二人转，字正腔圆，声音洪亮，窗子都隔不住，才唱了没几句，又引来一些人，有的进不来屋，就站在院子里听。

　　等唱完了一出，邻家男人也尽了兴，人们陆续散了，夕阳也走了。天黑了下来。可我们几个小伙伴还不肯走，继续和邻家的孩子玩得热闹。这时候，炕头上的老奶奶便开始给我们讲故事，讲的都是一些祖辈相传或者田间地头闲说的琐碎，或者妖魔鬼怪一类，听得我们既好奇又害怕又还想听。离开的时候，外面黑黑的，在故事的余韵里，便觉得那些鬼怪无处不在。于是大声喊我家花狗的名字，花狗叫了几声，跃过墙来，我才不再害怕，和花狗一起回家。

村庄里几乎家家都有狗，白日里它们似乎不怎么来往，到了夜里，却经常互通信息。经常是在睡梦中，被狗叫声吵醒。听着家里的花狗在院子里叫，只一会儿工夫，左邻右舍甚至整个村庄的狗都叫了起来，远远近近，此起彼伏，仿佛在互相大声交流着什么。过了好半天，那些叫声才渐渐熄灭下去，便迷迷糊糊睡着，再醒来，却是被公鸡的啼鸣声唤醒。家里的公鸡站在墙头上，正引颈高歌，满村的公鸡都在热闹地叫着，打鸣的声音连成一片，终于把太阳引诱了出来。

在村庄的日月流年里，夜晚是狗的欢场，清晨是公鸡的舞台。

闲看老子《道德经》，看到"邻国相望，鸡犬之声相闻，民至老死不相往来"，便觉圣人之境何止是令人高山仰止，更不是我这种俗人所能领略的。而且，我喜欢鸡犬之声相闻，更喜欢各家各户常相往来。我的童年和少年，在东北大平原上的那个村庄里，和伙伴们每日里走东家串西家，乐此不疲。大人们也是如此，特别是农闲的时候，总是溜达进谁家里，坐在炕上。在卷烟或者烟袋的陪伴下，唠着总也唠不完的家长里短。

久而久之，我们都熟悉了家里的狗叫声所传达的意思。比如，听得狗叫了几声便没了动静，来的准是个熟人；如果狗叫声不停歇，而且越叫越厉害，那就是不常来的人。不管熟或者不熟的人来串门，都很随意，进门寒暄，然后自然地坐在炕上，点起烟，也没有什么大事，顶多借些农具或者鞋样儿什么的。更多的时候，就是纯串门，聊天，打发闲闲的光阴。

我经常是无聊地听着，然后在某个时候，忽然听到外面一只刚下了蛋的母鸡大声地叫着夸耀。好一会儿，下蛋的母鸡已经过了兴奋劲儿，却忽然又听得一声声公鸡的叫声，要多难听有多难听。我便笑，出门看见几个伙伴正站在墙外嘻嘻哈哈，互相嘲笑对方学的鸡叫难听。花狗对他们视而不见，卧在墙角假寐。然后我们呼啸着冲出村子，向着村外广阔的大草甸奔跑而去。

我曾以为那样的生活，会延续很久，就像我的祖辈们一样，在那个村庄里，在那片土地上，生老病死地轮回着。却没有料到，这一切还没来得及去细细地眷恋，就都成了过往。而城里是另一种喧嚣，不闻鸡鸣犬吠，人们也极少串门，总觉得是不自由，被人流车海高楼桎梏着，于是我的心日日夜夜地飞回那个村庄。都说时间久了会适应，可我已用了三十年的时间，却依然淡不去那份思念。

有一次路过一个小市场，听到公鸡打鸣的声音，觉得很熟悉亲切。急忙循声而去，见路旁一个大笼子，里面关着许多待卖的鸡，一只黑色的大公鸡正把头从缝隙中伸出来，努力地鸣叫。便觉得有一种悲哀，那叫声也透着悲哀，那是和村庄里自由的公鸡完全不同的声音。我们都被困围着，身不由己。去年的清明节，回乡扫墓，由于时间紧，没有进村。从墓地出来，便听到一里外的村庄里传来公鸡嘹亮的啼声，还有隐约的狗叫。那一瞬间，许多年前的情景又浮现眼前，想象着是怎样一只乱了时差的公鸡在发疯，又是怎样一条爱管闲事的狗在愤怒，心也乱了头绪。

　　我喜欢这样的人间，那么生动，哪怕只是远远地看着，就已忘情。

烟火可亲

我在邻村上初中，只有短短的几个月。每天放学后的黄昏，走在回家的三里土路上，心里便有着说不出的舒畅。先是走过一大片密林的边缘，一条毛毛道穿过农田，再经过那片已渐黄的草地，就到了那条很细很弯的小河旁。河很清浅，几块大石头散落在其中，轻轻巧巧地踩着石头跑到对岸，抬头看，村庄就已在不远处。

家家户户的炊烟升腾成一种召唤，许多倦鸟翅上驮着夕阳，投入身后那片林子，巨大的亲切感扑面而来。过了河，我的脚步就急切起来，沿着土路上牛羊的蹄痕，投进村庄的怀抱。在家门前的矮墙上一跃而过，惊起满院的禽畜，南园里成熟的果蔬清芬流动，草檐下垂挂着红红的斜阳和燕子的呢喃，长长的风跟着我走进房门。

外屋灶台上的大铁锅里冒着香气，灶膛里的火燃得正旺，旁边堆着的柴火，还散发着秋天的气息。只是离开家一白天的时间，回来就有着如此的亲切感，就像在穿越了风雨后，回归一个舒适的怀抱。

　　然后我看到母亲正在灶台前忙着，这是她日复一日不变的内容，家中田里，一日三餐，缝补洗涮。平日里我不曾留意，只有这种归来的时刻，才会感觉到那份温暖。那时还没有想过，如果有一天我很长久地离开家，再回来的时候，那一种感觉会强烈到什么程度。

　　后院人家的女孩子，和我差不多大小，可家里的所有活计基本都是她在操持。母亲长年卧病，哥哥在镇里打工，父亲要干田地里的活儿，所以她就用稚嫩的肩，撑起这个家的琐碎。站在院门口，我经常会看到她抱着一捆柴火进屋，过了一会儿，炊烟就升起来。更多的时候，她家里飘出很浓的药味，那是她在给母亲熬中药。学校离得近，有时候她会在课间跑回来，看看母亲。

　　她很活泼开朗，从不为家里的境况担忧，也不为天天干很多活儿而苦恼。而且她那种欢快的笑容，很能感染人。后来，当我离家愈远，故乡的小村便浓缩成了家的感觉，对曾经的每一个人都有着亲人般的想念。那个时候，想起后院的女孩子，心里依然会涌起感动。村庄里的每一户，都是守着那片土地，一辈一辈过着烟火人生，那些院落相连成一个大家庭，不管悲欢离合，还是喜怒哀乐，都汇集成眷恋，成为无尽乡愁的来处。乡亲，乡亲，同饮一井水，共度朴素的岁月，便似乎血脉相连，亲如兄弟姐妹。

　　后来我家搬进城里，也是住在平房里，每天放学回来，看到烟囱里冒出的烟，依然会有着激动，而更多的，是思念曾经的村庄里那所低矮的草房。再后来，住进了楼房，便连炊烟也不可见。在没有炊烟牵着脚步回家的日子里，总感觉少了一些期盼。

后来的后来，我便越走越远，也暌离得越来越久，快过年的时候回家，走进熟悉的街道，看到自家的窗口，虽然没有炊烟，虽然没有干柴火的清香，虽然没有满院的禽畜，可是心儿依然猛烈地跳动，那种感觉，像极了当年从三里外放学回家。空间加深了流连，时间沉淀了思念，所以，即使没有炊烟，我也一样在心里盈满了欣喜，因为，那扇窗里，依然是我所惦念和无数次梦回的烟火日子，依然是亲人的梦与盼在心底漫流成海。

所以，我可能永远都达不到那种不食人间烟火的境界，也无法想象那样心无挂牵的生活，我愿意在尘世的烟火人生里牵肠挂肚，平凡而悠长。

有一次小学同学聚会，都是儿时村庄里的伙伴，提起我家后院的女孩，他们说，她母亲后来还是去世了，她便也没读完高中就辍学，没过几年，就嫁到了北边很远的地方。想起当年她的笑容，我们很是唏嘘感慨了一番。只是人生的际遇有时很难捉摸，我从没想过会有一天忽然遇见她。

可是真的就遇见了，在我们故乡的村庄，虽然近三十年过去，物是人非。当时我站在村里的路上，看着我家原来的地方，那个让我魂牵梦萦的草房早已没有了，我站在那里，用回忆拼凑着所有的昨日。然后，我就看到她，也站在那里，看着她家曾经的所在，似乎也在记忆里重温那些遥远的岁月。

说起那些往事，她的笑容依然那么欢快清澈，没有被时光的尘埃所篡改，就像岁月深处一朵永开不败的花，给我一种不期然的感动。

她说："我多想那时候的生活啊，虽然生活艰难，每天我都干很多活儿，烟熏火燎，可我很高兴，每天都是，因为我妈在，我爸在……"

我的心里也随之流淌着暖暖的河，一所房子，有了爱与牵挂，即使是寻常烟火，也是生命中最美的家。

听炊烟向天空诉说

　　临近中午的时候，大雪已经停了，我和表弟也走得累了，虽然我的村庄已近在身畔，可我俩还是躺倒在厚厚的雪地上，大口大口地呼出团团的白气。从叔叔的村庄到我的村庄，短短六里地，我俩却走了两个多小时。多年以后，我依然会记得那两个在雪地中行走的孩子，一个九岁，一个六岁，那两行深深的足迹一直连接着近四十年的光阴。

　　躺在雪地上的我们，忽然就发现村庄的炊烟正依次地升腾而起。冬天的炊烟和夏天的不一样，夏日的炊烟轻灵而清晰，如风中摇曳的柳条，易倒而易散。而此刻眼前的炊烟，虽然不那么浓烈，却凝而不散，丝丝缕缕地于高空中弥漫在一起，就像绕梁的歌声，于看似不动中有着诸多细微曲折的变化。

　　在那个疲惫的中午，炊烟第一次真正走进我的眼睛。虽然在四季里日日与炊烟相见，却只是感受到那种烟火气息。春天的炊烟浅浅淡淡，总是没有升起多高就融进空气中；夏天的炊烟却热烈了许多，同着鸡鸣犬吠，一起醉倒长风里；炊烟走到秋天，就超然了许多，攀爬得更高，似乎想成为高天上的流云；而此刻的炊烟是厚重的，如巨大的被子笼在村庄之上，我仿佛闻到了里面酸菜土豆的香气，听到了深藏的笑语。

　　我和表弟爬起来，走进村子，远远地看见我家的烟囱正吐着浓烟，这样的时刻，是人间与天上的唯一交流。只是，炊烟在向天空诉说着什么呢？一进门，热气扑面，二姐正坐在灶口不停地添柴火，带着香味的蒸汽从木锅盖的缝隙里挤出来，满屋里游走。柴火是玉米秸，它从泥土里钻出来，经过两个季节成长，深谙了大地的沉默。然后它们进到屋里，静听着琐碎的家长里短，唤醒着灶台上的五味杂陈，然后在燃烧中把这一切变成有形的语言，全部讲给天空。

　　而这些直上云霄的语言，却在刚才的时刻，被卧在雪野上的我捕捉到，却又无法对人言说，于是就在心底积累成一种诗意的成长。所以进门的那一刻，闻着熟悉的家的味道，看着每一张笑脸，我忽然就懂得了朴素生活中蕴含的幸福。所以那天晚上，我在日记上只写了一个标题——《卧听炊烟向天空的诉说》，内容却一片空白，我没有办法写下那种幽微而复杂的感受。

　　即使在近四十年后的今天此刻，想起故乡遥远的炊烟，写下的，却依然不及那年那日所思所想的千分之一。只觉得那些炊烟如此珍贵，它来自春天人们在大地上的耕种，来自夏日人们挥锄时倾洒的无数汗水，来自秋季被笑容浸染的心情，更来自母亲顶着北风抱一捆柴火进门的身影。这四季里多少的倾注，才余下房前那一大垛柴火，给我们以温饱和安然，而炊烟就是庄稼最后的足迹，写满了天空。

千百年来，村庄的炊烟讲述了多少人间的悲欢，也许只有天空记得。我虽然只在那个冬日的中午听到了只言片语，却在心底写下了一生的幸福与眷恋。

气味的印痕

有些没有形质的东西，往往会于不觉间在心上留下不可察的印痕，在某些酷似从前的情境里，蓦然触动，会唤醒所有的昨日。比如气味，一生的记忆中，仔细回想，似乎很少有留下印象的，可是在某些时刻，一缕似曾相识的气味，便会引出难忘的人和事。就像有的人一闻到某种气味，便会想起儿时母亲做的某种食物，便会记起那段岁月的深情。

小时候，外公是木匠，每天都在外屋的空地上打造着各种木制品。那时一进门，便是满屋的木屑味儿，不同的木头有着不同的气味，平时闻不出来，当它们在锯子下流淌出粉屑，清新的气味便飘满了屋子。外公几乎每天都这样忙碌着，那些木头的气味伴随着我成长。后来外公去世，那些木头便没有了，气味更是消散，而我家也搬到了县城，更是远离了那些树。那种气味在生命中渐远渐淡，直至遗忘。

直到十多年以后，有一次我偶尔经过一个空房子，闻到了熟悉的木屑味儿，那一瞬间，忘了迈步，就像时光深处飘来的一缕水汽，让我找回了曾经失去的温暖海洋。想起当年的草房，想起屋里的散乱木头，想起挥舞着锛刨斧锯的外公，他的发上沾满了细碎的木屑。原来以为淡去的记忆，其实一直存留在心底。那个下午，我就站在那个门口，看着房子里的人打家具，一如看着我永不再来的童年。

我家附近有一个中药店，不知哪一天起，下班时总能看见一个十一二岁的男孩，背着书包坐在药店门前的台阶上发呆，也不知想些什么。有一天我实在忍不住，便去问他。他说，他每天放学后来这儿坐会儿，就是为了闻药店里熬中药的味儿。从他记事起，妈妈就一直卧病在床，每天都喝着中药，他每天给妈妈熬中药。后来，妈妈去世，他像一下子长大了。再后来转到新的学校，那一天放学后路过这里，闻到了熟悉的中药味儿，他一下子想起了妈妈，所以，每天放学，他都会来这里，闻闻曾经的气味，想着妈妈。

也想起曾经认识的一个人。他在一个偏远小镇的中学当老师，患了绝症。弥留之际，家人问他有什么心愿，他说，他只想再闻闻粉笔的味道。家人从附近的商店买来粉笔，他就在熟悉的气味中微笑着离去。也许，那一刻，他只是想从那熟悉的气味中来怀念曾经的讲台岁月，来纪念不再重现的洁白时光。是的，悠悠的粉笔香，染白了他的发，也将他的生命洇染得清澈无比。

真的，在我们的生命中，草气花香，寻常烟火，那种种不同的气味，都可能记录着一份感动和怀念。那些气味，总会有一种

在我们心里刻下无形的印痕，盛满着眷恋，累了倦了时，或不期

而遇时，为我们献上一份不期然的美好。

生活在苦难里发酵

建筑工地上，吃力地推着独轮车艰难地往返；火热的夏天，蹬着三轮车穿行于小区里，扛着沉重的煤气罐不停地爬楼；天寒地冻里，在路边跳着脚取暖，守着一地的冰淇淋叫卖；或者风尘仆仆地走家串户去推销洗发水，白眼冷遇从未间断……

那是二十年前的我。那一段的经历，回想起来，苦是有些苦，难却谈不上。不过在我生命里，那短短两年的经历，还是弥足珍贵的。仿佛蕴敛于岁月长河中的一枚石子，幽幽散发着无尽的眷恋。

每个人都不可能一帆风顺，也有许多人自认磨难重重，其实和别人一对比，就会觉得自己的经历其实是幸运，即使是真正的不幸，当走过之后，也会有一种超脱的淡然。所以说，幸福点缀了生活，苦难却丰盈了生活。

我客居了一年多的那个城市，在我租住的小房前面，有一块小小的开阔场地，中间是一个大花坛，盛夏时，芬芳四溢。每天午后，一个四十多岁的大婶，会带着三个小孩准时来到花坛边。那三个孩子都很特别，都是十岁左右的年龄，我观察了多日发现，有一个男孩是失明的，另一个男孩似乎是聋哑，而那小女孩能说能笑眼睛明亮，可是听别人说，却是智力发育缓慢。

心里想着，这样三个孩子，那个大婶可是够苦的了。平常人家，如果有一个孩子有残疾，都会让父母操碎了心，三个，和天塌下来无异。可是，后来一打听，那大婶却远比我想象的更艰难。那三个孩子，都是大婶从福利院里领养的。她年轻的时候，家庭幸福，生了个男孩，长到五岁时，却丢了。找了好长时间，也没能找到，她就精神失常了一阵子。这期间，她丈夫和她离了婚，弃她而去。她后来好了之后，便一个人静静地生活，也不再尝试去寻找自己的儿子。然后，就陆续领养了三个残疾孩子，心思全系在他们身上。

所以，每天看着她带着三个孩子在花坛边，或者讲着花儿蝴蝶，或者飞快地做着手语，然后，他们就不停地笑，我的心里便会慢慢濡湿。生活绽放在这里，苦难成为一片肥沃的土壤，唯其厚重，成其风韵，那是一种不知不觉地改变，不仅安抚着自己的灵魂，还温暖着别人的心境。

曾经认识一个女孩，起初生活很幸福，学习也好，高三的时候，父母却突然离婚，她跟着母亲，便一下子断了大学的路。母亲多病，且精神也因受刺激变得有些不好，她只好用自己的双肩扛起这个家。每天起大早去批发蔬菜，然后去市场上占地方，不管春夏秋冬，风中雪里，她忙忙碌碌，有时看到有学生走过，她眼里便会恍惚一下。曾经的生活已远如隔世，奔向眼前心底的，都是曾经不被预料的种种。

后来，她结婚了，只是婚姻没有维持一年，便匆匆离散。然后，接下来几年里，又是两次失败的婚姻。有一年遇见她，她依然忙碌着。说起以往的经历，我以为她会痛苦，可是她的脸上云淡风轻。她说，我这些都不算什么，和别人比起来，我够幸运的了。前些年在市场上卖菜的时候，她旁边也是一个年龄差不多的女孩，闲暇时两人便聊得很投机。她们有着类似的经历，所以一见如故。可是，没过多久，那个女孩偶然在医院检查出绝症，不到两个月就去世了。

她和我说："那女孩检查出绝症后，很绝望，对我说，以前觉得生活很苦，可是现在，多希望这样的生活能一直过下去。"

生活也许就是这样，我们自认为的苦难经历，在有些人眼中，却是不可再来的幸福。生活中的苦难，累积着，只要心里的希望一直在，便终会发酵成生命的馨香。根植于苦难的种种，终会绽放，绽放，成为旅途中的一处风景，暖着一双眼，感动着一颗心。

那是一种美好，是的，是美好，虽然背景是那样暗淡，也唯其如此，才能映衬出那一份明亮。一如曾经客居的那个城市的角落里，那个花坛边，那个大婶和三个孩子在花前幸福的笑脸。

生活就在此处

在一个常去的论坛上，有一个热贴子引起了我的注意。题目是"生活到底在哪里"，楼主列举了一个自己的观点，那就是套用了一句别人的话：生活在别处。没想到这个标题竟引发了网友们的热烈讨论，大家纷纷跟帖赞同楼主的观点，并举例说明。精彩的生活都发生在别人身上，而自己的生活，用一句流行的话讲，那算不上生活，只是生存。

忽然想到身边的一个女同事，她常抱怨说："这过的是什么生活啊！"听她的牢骚，整日除了上下班，就是带孩子做饭，时间一点一滴地在琐琐碎碎的忙碌中度过。夜深时躺在床上，回想年少时的梦想，才发现于不知不觉中已偏离了心中的道路。她常会看着别人满脸羡慕地说："看啊，别人过得多轻松快乐！"

的确，我们的工作与正常人不同。我们要倒班，每隔四天，就要经历两次零点的上下班，那种感觉生不如死。有人开玩笑说，我们过的日子就是吃阳间饭干阴间活，而且每日里的作息时间全

117

不一样，毫无规律可言。这是一种无奈一种挣扎，这，难道也算是生活吗？要是放在从前，我也定会失落万分满腹抱怨，可我现在却不会，因为我对于生活，已然有了全新的理解。

在我少年时，就常听邻家大娘感叹生活的艰辛，为了生活，或者说为了生存，她的确是受尽了苦。她同样羡慕周围那些活得顺风顺水有滋有味的人，坚信一切都命中注定。就是这样辛苦了一辈子也没享几天福的女人，在弥留之际对子女们却露出了最释然的笑容，说："这一辈子，也值了！"那时很不理解，这样的一生，有什么让她欣慰的呢？后来听母亲讲起邻家大娘一生的坎坷与艰难，才蓦然觉得，这样的一生也许才是真正的生活，真正的生活不可能一帆风顺，它必须融入百般滋味才能成其广阔与厚重。

从那以后，我就懂得，其实每个人的生活都是一条河流，他们有着各自的深浅，在流淌中互相交汇，构成世界的多姿多彩。生活源自每个人的内心，只要还活着，只要对日子没有丧失希望，那就是真正的生活，而生存，却只是为了活着，与心中美好的希望无关。每个人都有着不为人知的辛酸，我们无法看到，展现在眼前的，往往都是最令人钦羡的一面，就像我们不会把伤口展览在众人面前。

有一天，那个女同事兴冲冲地对我们说："今天早晨，楼下的大婶还很羡慕地对我说，看你多好啊，年轻，有稳定的工作，有那么好的爱人和孩子，真是幸福！仔细想想，也的确是这样，原来我也有让别人羡慕的生活，原来我的生活也是幸福的！"那一刻，我们都于感动中感悟，每个人都有着各自的精彩，只是，我们离自己的生活太近，反而感觉不到那份美丽。

再去看那个"生活到底在哪里的"帖子，有一则回复很是让人难忘："每个人都对现在的生活不满意，其实，如果可以重新活一回，大家都过上了现在所羡慕的那种生活，我敢肯定，大家还是会后悔厌倦。也许，人们没有经历过的生活，才永远是最好的，才认为是真正的生活。我们常常费尽心思去看别人的生活，以此来衡量与那种生活的距离，而我们对自己的生活，与自己生活的距离，却极少去衡量。只要把心投入进去，每个人的世界都是天堂！生活不在哪里，生活就在此处！不是生活选择我们，也不是我们去选择生活，生活就在此处，那是生命中最美丽的一种真实！"

这个回贴的后面，没有人再跟帖，也许，大家已经开始了对生活最真实最深刻的思索。

不怨天，不怨命

十年前，她的事业达到了很辉煌的阶段，在别人惊讶的目光中，她也有了一种释然。在那之前，她听到最多的话就是"这个孩子的命太苦了""她的命怎么这么差呢"。

也不怪别人这样慨叹，她从小失去双亲，在奶奶家长大。后来在亲属们的资助下上学，她学习很好，以优异的成绩考上大学。可还没有去报到，便在那个秋天突然晕倒在街上。当她得知自己得了一种类似绝症的病后，也曾绝望。那种病决定她只能活上短短的五年时间，在她的心里，那五年的时光成了生命最后的时刻。别人都以为这个孩子完了，受了那么多的苦，终是这样的结果，可见命运使然。

半年之后，她脸上却恢复了色彩。她没有去上大学，而是只身去了外地的一个大都市，开始了艰辛的打工创业之旅。没人理解她在这最后的不多时间里为什么要如此折腾，可她就是那么去做了，哪怕还会给她带来更多的苦与难。忙碌的生活与紧张的工作使她忘了自己的时间有限，当想起去数数自己还有多少时日可活时，竟发现已经过了医生的预言期一年之久。当她再度走进医院，已是从容淡定，不复当初的提心吊胆。面对检查结果，她轻轻地笑了。她成了医生们眼中的特例，也成了医学界的奇迹。无药可医的必死之症，竟然霍然而愈。

因此她的事业风生水起，生活剥去了重重的阴霾，仿佛一切都已过去，她已经有了自己的车队，那些车辆奔行全国各地。可就在十年前，她的生活又瞬间跌进了黑暗。两辆车的司机携货潜逃，不知所终，她所面临的是上百万的赔偿，那是她目前所有的资金。别人都劝她快逃跑，毕竟，今天的一切都来之不易。

她也曾犹豫，不过并不是只为钱。因为那个时候，患了癌症的丈夫正在医院里抢救，高昂的费用使她陷入两难之境，一面是道义与责任，一面是人命与亲情。就在她下定决心，要先赔货主的损失之时，丈夫不治与世长辞。几日之间，她人财两空。人们都慨叹："上天不长眼啊！都是命啊！"

她是我表姐。那个时刻，是她所面临的最艰难也最黯淡的时刻。表姐也曾对我说过："从小到大，我经历了那么多次的挫折，其实早已倦了怕了，而那次无疑是最严重的，我真想就此全部放下！"表姐终是没有放下，可是那种艰辛非常人所能想象，为了给表姐夫治病，多年积蓄几乎用尽，为了赔偿那些货主，更是卖了车队。可以说她那时候真的是一无所有。可她从不抱怨，亦不只是默默承受，更多的是反抗。

表姐又一切从头开始，出乎意料的是，当她赔偿货主损失的事传出之后，人们了解到她的情况，一些厂家都主动找到她，让她负责运送货物。因为，他们从表姐的身上，看到了信誉，看到了在这个为了利益而不择手段的世界上难得的良心。在短短的几年里，表姐的车队又一次奔行于天下，比当初更是壮大了几倍，她终于攀上了事业的顶峰。

过年的时候，我们聚在一起，我笑着对表姐说："姐，你以前受了那么多的苦，也许是上天在考验你呢！你能成功，也许是命中注定的！"

表姐却正色说："我根本不信天也不信命！在那么多的时候，特别是那次出事的时候，我只知道，是我自己克服了内心中那些极有诱惑力和说服力的想法，艰难地做出了那些决定。所以，这一切都是我自己做到的，与天无关，也与命无关。我知道不管什么样的结果，人们都会说是天注定、命注定的，可我既然不信，也就从不怨天，也不怨命！"

一番话说得我们都心潮起伏。我心中震撼之余更有一种惭愧，许多时候，我们都能为自己遭受的挫折和在挫折中的屈服找一个很好的借口，把一切都推给虚无的天或命，把一腔怨怼也都给了天或命。我们躲在自己制造的天理命运中，心安理得地接受着失败，接受着平庸。却不知，人的一生之中，真的没有什么好埋怨的，如果说有，就该埋怨我们对待厄运、对待挫折的态度，仅此而已。

纸上留香

记得多年前，在舅舅家的墙上看到一幅字画，四个篆体大字"梅馨入梦"，虽然当时是冬天，我们那里也没有梅花，却依然从四个字间感受到了一种若有若无的香气。那不是墨香，而是少年的心中第一次生发出来的意境和想象，从此那四个字便印在了我的心上。

读初中时，有一阵子很盛行一种带有香气的信纸。那时我们常常写信，或是给远方的亲友，或是在杂志上看到的作者，那些好看且带有香味的信纸，被折叠成不同形状，蕴含着不同的意思。那时也曾收到过这样的信，展读之际，淡香盈然，伴着字里行间的温暖，心儿便无比宁静和欣喜。

现在想来，那是纯真年代最朴素的一种香味，却遥远得不可追溯。回忆那些书来信往的时光，即使是最简单的信纸最简短的问候，也在生命中氤氲着无尽的香气，淡雅悠长，一如那些如月澄澈的年华。那些写满思念与思绪的信，就像我们的青春一样，一去不回。在这个通信没有距离的年代，我们失去了等候的味道，也失去了在小窗前在阳光下，捧读远方来信的芬芳心境。

后来读书渐多，知道了唐代女诗人薛涛，也知道了她发明的"薛涛笺"。那是一种深红色的纸，可写信，亦可题诗。又叫"浣花笺"，就像李商隐诗中说，"浣花笺纸桃花色，好好题词咏玉钩"，想来就让人神思无限。我觉得，薛涛制于浣花溪畔百花潭边的红笺，虽美在其色，更重要的，是其所蕴清馨，未题字句而先成意境，所以历来为人所钟爱。

中学时有一阵子疯狂迷恋上书法，因为当时有个老师是书法家，给我们看过他的不少获奖作品，毛笔字各体皆佳，一下子镌进心里。当时有几个伙伴一起练，找来许多旧报纸，闲时便写，乐此不疲。那时满室充盈着墨香，还有我们欢快的笑声。随着学业的加重，书法渐渐地远去。闲来写上几笔，却是无由地烦躁。那么多年过去，有时想起曾经泼墨挥毫的岁月，便有着一种沧桑感，我知道，我不可能再有那么单纯而无忧的心境。也许，在走过的成长之路上，除了悠悠墨香，什么也没有留下。有一天，在网上看到当年一起练书法同学的博文，她却是迥然的心境。她写道：岁月和心情都远去，可是，我却没有辜负当年的那些旧报纸。

没有辜负当年的旧报纸，是啊，那些纸上，曾写下我们多少青春的梦想，留下我们多少稚嫩的情愫，一如初开的花儿，清香满溢。那些香气，那些梦想，那些时光，只有曾经的旧报纸知道。

有一次在一家旧书店买回一箱子书，翻看时才发现，其中竟混有一个古老的日记本，塑料皮儿，中间还有彩色插画。上面的字迹已经变色模糊，就像隔着岁月的尘烟，便饶有兴致地阅读。那是一个女生的日记，记录着少女的心事，多么简单的时光，多么朴素的成长。是的，那个时候，我们就是用笔来和自己说话，对着日记，将满腹之言倾吐。于是想起自己曾经记过的几十本日记，它们就放在故乡的老家里，那一刻，有着一种回去看看的冲动。

前一阵子回老家，翻箱倒柜地找自己的那些日记，却是杳无踪迹。可能父母搬家时，不知失落于何处。满心的怅然失落，那是我从小学到大学的所有日记，现在，想从当年的心事中重温一遍成长也空如一梦。那些年留在日记上的字，也会有着一种香气吧？就像偶然得到的那本女孩的日记，虽隔着漫长的岁月，却依然氤氲着我的心境。我希望，我的那些日记，也会偶尔温暖一个人的心房，好能在这个纷繁劳碌的世间，有着片刻的宁静与恬然。

忽然发觉，似乎已经许久不曾提笔写字了，习惯了触摸键盘的手，对纸笔有着畏惧与陌生。那个夜里，偶然一梦，自己仿佛还是少年时，拿着毛笔在旧报纸上写字，写下的每一个字都开出了一朵花，就像当年那些纯真的笑颜，于是梦里一片芬芳，于是醒来时的眼中心上，有着浅浅的濡湿。

温暖心窝的话语

初中时，语文老师是个严厉的中年女人，姓王。那时我刚从农村转来县里中学，由于不了解这个老师，所以被她狠狠地批评了几次，导致一见她就害怕，心里有了阴影。

而且我写字极潦草，虽然在王老师的管教下，已经工整了许多，却依然难以入眼。来新学校上学后，第一次交作文，我对作文还是有信心的，心想就算字写得难看些，作文的质量也能弥补得过去了。而且，听说王老师就要调走了，这些天上课一直有个年轻的林老师跟着听课，准备接手我们班的语文课。

当我满怀希望地盼到把作文本发下来时，迫不及待地翻开，却如遭了当头一棒，我的三页作文被撕下去了！王老师有这个习惯，谁作业写得不好，都会撕掉重写，我就经历了好几次。可是没想到，自己很有信心的作文，也是这个命运。而且全班就我一个人被撕了，心里黯淡到了极点。当我把重新写的作文交上去后，过了两天，课代表把我的作文本拿了回来。我翻开一看，还好，这次没有撕。

我随意翻了翻，就在作文后面看到一句鲜红的评语："你的作文是班上写得最好的，所以我把前一篇撕下来，留着当作纪念了！"那一瞬间，心里猛然一暖，再也没有了怨恨和不满，眼睛一下子就濡湿了！我跑去办公室，却见那个一直跟着听课的林老师在那里，她说："王老师已经走了，调到别的城市去了！"

王老师留在我作文本上的那句话，温暖着我的学生岁月，及至以后走上写作这条路，与此也有着极大的关系。只是从那以后到现在的二十多年里，却再也没能见到她。

直到在沈阳上大学的时候，当年初到县城读初中时的那种自卑才再次出现。虽然那个时候，我的文章已经写得很不错，并发表了许多，可是，却无法支撑我在其他方面的全面崩溃。那时候很孤独，几乎没有朋友，没课的时候，别的同学都去做自己的事，我则拿本书躲到学校后面的河边，常常是坐到夜幕长垂。

大二那年的冬天，我依然没事时去河边静静地待上会儿，河流已经凝固了形状，两岸都是洁白的雪地。我的足迹就延伸到那棵树下，每天每天，足迹的重叠，成了一条窄窄的路。那个下午，我像往常一样来到河边树下，却发现雪地上有一行字：祝你生日快乐，开心着度过这里的每个春夏秋冬！

久久凝视着雪上的那行字，就觉得心里有什么东西悄然破碎，涌动着一种莫名的情绪。一直以为，没人会注意到我，没人会知道我的生日。回去的路上，脚踩在雪上，发出一种很动听的声音，周围的冰封雪盖，忽然就充满了温情。那一行字早就随着春天的到来而消散，却一直刻在我心上，伴我度过了好多个寒冷的季节。

大学毕业走上社会，那些校园中的雄心壮志和斑斓的梦想，在现实中被无情地撞击得粉碎，于是失落接着失落。有一年，为了排遣心中那份落差，为了躲避白眼冷遇，我去了一个极偏僻遥远的大山深处的村庄，当了一段时间的代课老师。在那天涯一般的地方，面对那些纯净的笑脸和清澈的眼睛，心里也渐渐地万虑皆宁。每天，除了给孩子们讲课，更多的时候，孩子们会问我山外的事，听我讲那些时，他们的眼中全闪着向往的光。

我在那里待了三个月，离开时，正是秋天，满山的树和花正绚烂得一片深情。孩子们爬上前面的那座山，然后，那个当班长的女生给了一张叠着的纸，让我出了山再看。当我来到镇上，坐上通往县城的汽车，大山已被远远地甩在了身后。我打开那张纸，是一行字：舍不得老师，可不会留您，以后我们会去山外找您！

二十个字，二十种笔体，我知道，是班上的二十个孩子每人一个字写下的！回望大山，已淡成一道浅影，又在我潮湿的目光中朦胧起来。孩子们的梦想重新点亮了我的梦想，从而让我再次回到繁华的都市中，心里再也不黯淡，而是充满了温暖的力量。

最后一句温暖的话语，也是在一个陌生的城市出现的。生病住院，身边无亲无朋，百无聊赖，便总到走廊尽头处去吸烟，那些日子烟量大增，一包烟常常是不到一天就不知不觉地空了。更多的时候，是倚在病床上看书，邻床的是一个十一二岁的小女孩，便总缠着我给她念书，她听得很入神。几天后女孩出院，我便把书送给了她，她极兴奋。临走时，她跑回来，塞给我一张纸条，然后云一样飘走。

纸条上写着：你的烟我每天都偷出好多支，别再吸烟了，我爷爷就是因为吸烟死的！那一行整齐的字，一下子击在我心底最柔软的角落，觉得心里暖暖的，温暖着世事的苍凉。

这四句话，我始终都铭记在心里，总会在落寞重重时，在我生命里开出永不凋零的花朵。

忽然想起，前年回到家乡的县城，在街上邂逅初中时后来教我们语文的林老师，她已经有了白发，提起曾经给我作文本写下那句话的王老师，她却笑着说："其实，那句话是我写的，王老师走了，我怕你对她有抱怨，我怕你因此对任何人失去信心，所以……"

在七月的阳光下，我的眼睛刹那间就湿了。

心生欢喜

　　早晨，送孩子去上学，大雾弥漫，空气中透着清凉，远处的山皆隐去无踪，近处的树只余朦胧倩影，一时但闻鸟鸣却难寻鸟踪，残余的睡意顿去。等回来的时候，雾已经淡薄，有阳光从东方斜斜地照过来，穿透万千细密游移的水珠，散射漫天的金霞，便觉满心舒畅，很美好的一个开始。

　　回去后，网上一朋友邀我去下棋，便乘兴而往。他家是山坡上的平房，我们在院子里开始于黑白世界中驰逐。偶然抬头，但见岭树映目，山云接檐，飞絮飘然落于纹枰之上，便觉闲淡悠远，仿佛飘然出尘，不知身之所在。棋罢指尖犹凉，便起身凝望山间浮岚，心飞神度，眉眼间全是欣然之意。

　　记得少年时，有一段时间酷爱下象棋，那时家在农村，闲时便提着棋袋四处寻人对弈。不过那时大家基本都在田里干活，便找到田里等着。有时等得急了，就冲进去和别人一起干活。待干完活，顾不得擦汗，便在田间地头，或树荫之下，摆开棋盘厮杀。烈日高悬却一荫如盖，就坐在暖暖的土地上，腿旁放一罐清水，走上几步棋便喝上口水。

彼时清风徐来，额上汗水便清凉无比，庄稼的清香随风飘荡，真是惬意无边。

有一次和一个大叔下象棋下得上了瘾，我们在地头一直下一直下，那大叔连输几盘，也顾不得去干活，非要找回来。不知啥时候阴的天，更不知啥时候开始下的雨，我们就沉浸在车马炮之中。后来雨成瓢泼，我们才狼狈而起，向村里狂奔，相顾而大笑。

还有一回下大雨，我在姑姑家里，也是农村。天暗得像黄昏，雨密集得看不清任何东西。我们就站在窗前，看外面一片水的世界。下了十多分钟，依然势头猛烈，姑父提议出去到雨中洗澡，并说此时空气中的尘土已经冲尽，雨水干净。我和表弟都欣然同意，于是脱掉衣服冲进院子，立刻被雨包围。大雨淋身，一时目不能视口不能言，真如身处水底。身心同雨水一般清凉透爽，从此爱上雨天，即使再没有这样的经历。

去年和几个友人一起去爬一座荒山，听人说山那边景极深幽，是难得之佳境。于是我们劲头十足，经历千辛万苦终于攀至山顶。却突然发现，那一面是极陡的悬崖峭壁，并无可下山之处。于是都望着对面山下的佳境，颇为懊恼。忽闻花香阵阵，但见在山顶一块平坦处，杂花恣意而生尽情开放。立于花丛之中，遗憾之情忽去，喜悦之心顿生。

在这个深秋的午后，看着远远斑斓着的五花山，看那些红枫黄杨，看那些碧松白桦，神游其中，心生大欢喜。回望前路，虽然一直身处红尘劳碌之中，却有着那么多的点滴片段，让我心中的欣喜不能自抑。那让我忘尘的种种，皆是凡世中的所眷所恋。虽未入清凉之界，却常生欢喜之心。如此，生命虽然繁复辛劳，但那欢喜之心，却依然是我最美的家园。

偶然路过你

　　他从小到大都有一个心愿，就是父亲能抱自己一次。这么简单的一件事，却是无法实现。他知道父亲是爱他的，虽然有时严厉，脾气也不好，却都是对他好。一直以来，他是很少恨过父亲的，有时想恨也恨不起来。

　　如果问他，对父亲印象最深刻的是什么，那就一定是父亲的脚了。他们兄弟三个，都是这种想法。父亲的脚很有力，门前的大石头，能一脚踢飞，而最深有体会的，就是他自己的身体了。有一次，父亲一脚把他从门里踢出了门外。再一个特点就是出脚准确，想踢哪儿就踢哪儿，柔韧性极好，他全身除了要害部位，几乎都和父亲的脚掌亲热过。他一度怀疑父亲是不是练过传说中的佛山无影脚，除了武功之外，父亲的脚还有许多其他神奇功能，比如竟能用脚来干一些活儿。他觉得父亲真是奇人！

　　就是这样一个父亲，从没有抱过他，也没有抱过他的哥哥姐姐们。父亲从不会像别人那样将孩子抱进怀里，或者高高举起，他只有羡慕的分儿，很想知道被父亲抱起举起时是什么样的感觉。可随着年龄渐长，他知道这个愿望永远不可能实现了。

考上大学那年，他很想抱父亲一下，因为想让父亲抱他是不可能的。只是他刚张开双臂要抱，却见父亲的脚一动，仿佛就要弹射而出，他吓得立刻停了脚步。两个哥哥早就辍学了，大哥已结了婚，他们笑嘻嘻地看着他，想看着在父亲脚下多年不见的空中飞人的情景。他无奈之下，只好狠狠地拥抱了两个哥哥，抱得他们一个劲儿骂他，说快把腰勒断了。

想来也多年不曾领教过父亲的神脚了。却不想在大学第一年的寒假回家，就遭遇了久违的感觉。那时他正考虑着是不是要退学做生意，因为他忽然觉得现在正是做生意的好时机，对比起来读大学就有些耽误时间了。他只是无意间流露出这种想法，父亲听了，反应异常激烈，一脚踹在他的脸上，他的脸立刻红肿起来。他一下子摔在炕上，母亲一个劲儿地埋怨父亲。他却觉得有些亲切。他知道父亲并不是一个粗鲁的人，相反，父亲竟是读过不少书，虽然他读起书来很费力。而且，父亲的道理讲得一套一套的，说话也相当高雅，比那些大学里的老师说得都要好。所以，他给父亲的评价就是，能文能武。

那是父亲最后一次踢他，从那以后一直到大学毕业参加工作，父亲再没打过他。父亲年复一年地衰老，他有时甚至怀疑父亲的脚还能不能爆发出当初那么大的力量。他结婚的时候，终于抱了父亲。在婚礼上，他给了父亲一个长久的拥抱，在这种情况下，他不担心父亲踢他。抱着父亲,他觉得父亲远没有小时候感觉得那么强壮。而当自己的妻子也拥抱了父亲时,父亲的眼中竟似有了泪光。他知道,父亲此刻,心里一定是幸福的。

后来,有了自己的女儿,父亲也没有抱过孙女,不过却是目光柔和,跟在孙女屁股后面讲故事。他有时会很嫉妒,问:"你脑袋里原来有那么多故事,当初怎么就不讲给我们听呢?"父亲横了他一眼,下意识地做了一个要抬脚的动作,他也下意识地向后闪了一步。而父亲早别过头去,继续缠着孙女给她讲故事。

再后来,父亲便卧病不起,在医院里的最后时刻,他哭着将父亲抱进怀里。父亲吃力地对他说:"别想着爸一辈子过得不容易,虽然总踢你们,可我还是很为你们骄傲的。我要走了,也别难过,我本来就是偶然路过你,偶然成你爸爸,只能陪你走这么远,以后你要自己去走了,为了你的孩子……"

抱着父亲无臂的身躯,感觉是那样的单薄,却又是那样的厚重,如一座大山,给了他无法逾越的父爱高度。失去双臂的父亲啊,虽然你从不能抱自己的孩子,可是今天抱着你,却发现,原来你的生命一直在拥抱着孩子们,从不曾离弃。

大地上的风吹过我的年华

　　田垄纵横的黑土地不停地吻触着我的脚掌，鞋子已被扔在遥远处，脚趾间不时有细细的土粒欢快地跳出来，一如那些深藏的过往，于某个瞬间在心底涌动，哪怕只是点点滴滴，也会漾起无边的眷恋。

　　这是三十年后的一个五月，重回故土的怀抱，迎着长长的风。庄稼们刚刚探出头，一片欣然的绿。迎着苗秧们舞蹈的方向，我看见风儿穿过无垠的旷野，掠过高高的白杨林，抚过河水的微笑，然后，将我这个游子轻轻地拥抱。它把我的泪痕淡去，衔着我轻盈的思绪，飞向这片土地的辽远。

　　在这片曾经成长的土地上，遗落的那些往事，此刻纷纷破土而出，生长成郁郁葱葱的回忆。那时第一次在风里受了伤，贪恋无穷的雪趣，让双手在北风里不停地掬起一捧捧的洁白。回去后手便红肿，如快过年时的馒头。村里曾经有一个孤独的老人，每到冬天，他都会在野外结冻了的河边，向着远方凝望。他干枯的双手就裸露在冰天雪地里，上面布满了裂纹。冬天的风是锋利的，它刻下了那么多的印痕，任再长的时光也不能抚平。

老宅的南边，是一大片菜园。夏天的时候，果红蔬绿，将风儿氤氲得清香四溢。依然是冬天的风，只是它轻巧地转了两个方向，便走过了春的明媚，与火热的太阳一同挂在檐角。喜欢长长的夜里，敞着窗，每一阵清风的涌入，都会带来不同的感受。或是远处草甸上起伏的蛙鸣，或是院落墙角蟋蟀悠长如诉的鸣声，偶尔几声鸡鸭熟睡时的梦呓，梦便悄悄缠绕在草房的怀里。

清晨的菜园里，是母亲的身影，年轻得像那些正攀爬的蔓，黑发在风中飘舞，掩映在那片深红浅绿之间。当炊烟散尽，村庄便寂寥起来，只有风儿伴着无所事事的儿童在土路上蹒跚。而田地里则一片热闹，累了的时候，爷爷会站在地头的树下，衔着长长的烟袋，脸上条条的皱纹就像眼前的田垄，盛满着汗水，连风儿也在其中驻足。真不知在爷爷的皱纹里，走过了多少回东南西北风。

想起秋天的时候，和爷爷去野甸上打草，挥舞长长的钐刀，高高的苫房草在风中起伏，将远处的天空割划得支离破碎。那些都是苫房草，金色的茎被两季的风握得极细，中空的茎里，似乎还残留着风儿的味道。闲暇的时候，爷爷便去割一些柔软的草。坐在窝棚边上编草鞋。通常是在黄昏时分，他的烟袋燃红了天上的云，粗糙的双手灵巧地翻动，那些草儿便听话地改变着模样。我常穿着爷爷编的草鞋奔跑在黑土地上，暖暖中透着凉意，仿佛把清风和斜阳都编了进去。

有一年夏天，那个下午的天空忽然昏黄起来，然后龙卷风就来了，看着草房的顶盖被掀走，我们惊恐地缩在墙角。是爷爷一直在护着我们，他看向头顶的那一方天空，脸上依然带着笑容，给我们讲龙卷风的形成。那个情景深刻在心底，爷爷已故去多年，回想起来，那么多年的风来风往，吹浊了他的眼睛，却吹不散他脸上的笑容。爷爷从不会讲什么生活的大道理，可是，他在风里的身影，却是我永远的力量来源。

当年离开故乡的时候，我十四岁，坐在敞篷的车后，东风猛烈，吹出了满眼的泪。看着飘摇远去的村庄，记忆中的风儿依然挂在老宅的檐角，依然缠绕在南园杏树的粉红里，是哪一缕风儿来为我送行？车驶过村外的旷野，想起在这大地之上，在浩荡的风里。我曾跌倒过多少次，然后慢慢地长大。这一切行将远去，在那河边不远处，长眠着我的爷爷。从此，只有风儿陪伴着您了，我孤独的亲人。

从此一直颠簸辗转，离那片土地越来越远，在他乡的风中如飘蓬，常常感受路过的每一丝风，想从中闻到故土的味道。奔波劳碌之余，便去城郊的河边，望向故乡的方向。故乡的河流在百转千回之后，是否改道他乡。忽然想起当年村里那个孤独的老人，他在寒风里在凝固的河边遥望，也应该是一种相似的心绪吧。风从故乡来，带着泥土的气味，让一颗无依的心总是忍不住涨潮。

而沧桑的三十年后，我重又站在熟悉的风中，满目依然是过去的村庄，只是那些人儿，却已经陌生。三十年的光阴，有多少人苍老在风里，又有多少人长大在风里。风儿依旧吹着，吹老了一茬茬的容颜，又有太多的人如蒲公英般，随风远去，在别处生根。也许蒲公英世世代代在寻找着故乡，如那些白了头的愿望，在风中流浪。

　　这大地上的风，无论从哪个方向来，都轮回着我不变的思念。它让河流沉睡，又让河流在轻抚中醒来；它吹老了岁月深处的那些容颜，就像吹黄了那一茬茬的庄稼，只是，它能唤醒又一年的葱茏，却再也唤不醒沉睡在大地上的人们。爷爷的坟前已是草色青青，却再也没有一双手将那些草儿和着风儿编成轻便的鞋子。

　　老宅的南园依然，那株杏树更为粗壮，枝丫间已渐渐地透出粉意。就要绽放了，那一树的等待，除了风中的我，没人知道那些花儿年年为谁开放。母亲也垂垂老矣，风儿掠过我的年华，也掠过了她的苍老。南园里，再也不会有那个年轻的身影。

　　斜阳行将涂抹温暖的大地，风儿轻轻地停在眉梢心上。我不愿离去，我愿意在这大地上老去，愿意让大地上的风洗白我的发。可是，脚步却如风般不肯停驻，不过那又有什么关系，只要脸上的笑容不曾苍老，那么，岁月永远多情，一如风儿的年年流淌。

　　想起儿时冻伤的手，那时从不曾想过，多年以后，在千里外的一个冬天，许久不曾冻过的手，竟再次被风吹肿。无眠的夜里，那份针刺般的疼痛，立刻疼醒了所有的岁月。

青山明月不曾空

　　走上那条很缓的山路，虽然已是很深很深的秋，虽然空气中流动着凉意，可是成群的松树依然青青地站立，暮色也开始温柔地拥上来。刚刚转过一个弯，偶然抬头，就与月光撞了个满怀。

　　那么大那么圆的一轮黄月刚刚爬过山顶，正踩在高处的树梢上，静静地凝望着空山孤影。我的影子被月光唤出来了，形影之间，却没有寂寞。心里是满溢着的喜悦，虽然并没有发生什么大喜之事，可在这样大的月亮底下，那种喜悦却是情不自禁地随着月光流淌。那是来自生命最原始处的满足，朴素而美好，就像童年简单的快乐。

　　童年的月亮没有这么大，可能是大平原上没有山的衬托。和几个伙伴站在我家房后的土路旁，头顶上是一轮明月，很圆，那时的空气那么清澈，清澈到可以清晰地看见月亮中的环形山。我们欣喜无比，说着那是桂树，说着嫦娥。无忧的岁月，如水的月光，心里盎然着的，是期待，是憧憬。而在山中的此刻，心底的宁静却是历经世事沧桑后的超然，就像流水走过了曲曲弯弯，走到了最平缓的一段。

　　大平原上的小小村庄，生长着我所有的梦，当年的我，总喜欢站在故园的院子里，眺望村南无边无际的大草甸。天气晴好的时候，可以看见更远处松花江上的船影。而东南方向，在松花江的南岸不知多远处，是一簇高大的山影。不知那是什么山，阳光下是淡青色，没有一棵树，那是一座石头山。所以那时候，看书上说的青山，我以为就是这样的山。看着远山总会有幻想，平原上的孩子没有见过山，我们村的孩子是幸运的。只是从来没想过，二十年后，我会身处群山环绕之中。小兴安岭的原始森林，让我终于明白，什么样的山才叫青山。

　　只是，当时也只是给我视觉上的震撼，山岭还未曾走进心里。因为那时，我的心里满是失落，就算是再绚烂的山色，也不能点染黯淡的心境。那时的黄昏，我也是这样，一个人走上一条山路，心情却是迥然。秋天，也会遇见月亮，就踩着一地凄凉的月光，踩着一地落叶的叹息。漫长的冬天更不用说，身内身外的冷，把心情全都冻结。即使是花月春风，即使是满山苍翠，在我的眼中心底，也都如匆匆路过的风景，看得见落幕后的凄清。

　　就这样走了多少年，才又走回了心底的平和。并不是当初那一次的失落使然，而是在这熙攘的尘世间，在现实与梦想的碰撞中，总是让自己的坚持一次次地面目全非，总是在一次次的抗拒里，让前路迷茫后路成渊。

　　记不清是哪个日子了，从山顶下来的时候，夜色已经弥漫开来，小心翼翼地走在黑暗的山路上，周围的林木凝固着一种沉重。就在某个刹那，月亮冲过山头，眼前豁然一亮，而心中也是一畅，那些郁积着的，纠缠着的，挣扎着的，便忽然风流云散。原以为会要经历怎样的煎熬和感悟之后，才会放开看淡，没想到只是在月亮出来的一瞬，只是在山间闲行的一瞬，一切就都不一样了。或者我就一直在领悟的过程中，这个过程注定是磕磕绊绊的，积累到一个顶点，便被突然的月光将一切打破。心里柔柔软软，感受着草木之微，都是生动无比。

多可笑啊，走了那么多的弯路，最后又回到了类似童年的月亮底下。多可笑啊，我曾为那么多微不足道的得失而方寸大乱。而最珍贵的一直都在，如这明月，如这青山，可我却一直视而不见，或者见而无感。多好啊，就算我失去了更多，可是青山明月都在，那我也是富足的吧！那就轻轻松松地走吧，不管走到怎样的境地，回眸之间，总有美好相伴。

就像此刻，我轻轻松松地走在那条很缓的山路上。足音敲响空山，月亮跟着我，一直走向心底的眷恋。

半河流水半河冰

　　三月将尽的时候，在河堤上散步的人并不多。特别是黄昏，黄昏来得还是那么早，不到六点，夕阳便已被重叠的山拽了下去。依然很冷的风缠绕着依然疏朗的树，大堤阴坡上的枯草，还在风中举着残余的雪。在网上看到南方许多花都快谢落了，便觉得天遥地远，小兴安岭的春天，似乎还没到来就已经走远了。

　　草木正努力着从一个长长的梦里醒来，候鸟还在长长的归途之中跋涉，远远望去，被余晖涂抹的一朵云影，却固执地带着一丝暖意。大堤随河转了一个很大的弯，转过来，便与清泠泠的流水声相遇，无边的萧瑟之中，立刻感受到了春的消息。驻足凝眸，近岸处的冰有一段已融开了长长的一条，有一米多宽。那一处重见天日的水，正兴奋地轻唱。

　　原来，春天总是从细微之处开始，像许多许多的心情。即使生命有着短暂的沉重与迷茫，也总会有一缕似寒实暖的风，从某个缝隙悄悄潜入，慢慢地把冰雪燃烧，把黯淡着的寒冷着的，浸润成清澈的美好。

天边那朵同样燃烧着的云，已渐渐被夜色熄灭，黑暗无边无际地垂落下来。一弯极细的上弦月，无声无息地亮起来，像一支簪别在夜的发上。虽然还是无边的冷冷清清，却已经有了寻寻觅觅的心情。这样的心情一出现，我知道，春天才是真的来了。

又过了几天，再次去河堤上，河冰已经融化了更多，近两岸处已经露出了长长宽宽的水，夹着中间那一条孤孤单单的冰。有一些不安分的水便跃上了冰面，把冰又割划成不规则的形状。这是一个很奇异的场景，冰上冰下皆流水，虽然儿时也常见，却是每次见到都会悠然神飞。打破与回归，除了外在的力量，更要内在的力量。流水与春天的共同努力，才让一河欢唱融入东风。

一直觉得有三种现象很奇特。雪落长河，雨打冰面，再就是，半河流水半河冰。雪落长河是在这里的深秋，河未冰封，雪便迫不及待地来了。看大朵大朵的雪花扑入浪花，仿若生命中的琐碎被博大的胸襟所包容，截然不同又浑然一体。也是在此时的季节，有时雨会在冬的余韵中缠绵而来，冰河未解，雨点便密集地敲打着冰面，使冰也鲜活起来，常会有一河静水的错觉。就像一些沉重的过往，总会被一场不期然的雨濯洗，虽然寒冷如故，却是生动了许多。

脚步放逐于河堤之上，目光也随之远远近近深深浅浅。再过些日子，河里的冰就会被割划得分崩离析，大大小小的冰排冰块，会随着满溢的流水浩浩而下，走着走着，就消于无形。其实生活中的许多事也是如此，随着时光的流逝而支离破碎，最终了无痕迹。走过的岁月之中，曾经郁结于心的那些块垒，虽然在当时冷漠黯淡，可总是在回首时风平浪静。

半河流水半河冰，是一个奇妙的过渡状态，它们都在义无反顾地奔向远方。冰与水，质同而形异，或者本就为一体，在奔向共同的目标中，便盈然而欣然了。而我们一路走来的许多心情，也会在数不尽的长路长夜中，不知不觉地彼此交融。停不下的脚步，可以改变许多东西。

所以，还想那么多做什么呢？跟着脚步走，一切都会过去。河里的冰与水还在缠绵着，还在向前走着，当它们走到不分彼此，春天，就真正来了。

第四章　针线里的母亲

针线里的母亲

有时候，母亲依然会拿出针线，戴着老花镜，在透窗而入的翩飞的阳光里不知缝补着什么。看着母亲头上的白发，爬满皱纹的青筋裸露的手，被生活压弯的腰身，似乎除了手中的针与线，一切都改变了。

或许每一个二十世纪八十年代出生的人，都会在心底有着这样温暖的记忆。昏黄的烛光下，年轻的母亲飞针走线，厚厚的影子在墙上微微摇动。只觉得那时的母亲，没有不会做的活儿，没有缝补不了的东西，没有纫不上的针。一针一线，补缀着时光的朴素、岁月的寒凉，为我们缝了一个生命中永不褪色的梦。

这是母亲留给我们最美的场景之一，似乎曾经的每一个针脚里都藏着数不尽的爱与回忆。几年前，我曾听一个女子说："成为妈妈后，我最大的遗憾就是不会做针线活儿，于是我学了很久，学会了，却发现没有什么东西可以缝补……"带补丁的衣服，母亲做的鞋，也曾在某个年纪那样地排斥，可是，当半世尘埃落定，却又是那样地想念，而母亲已垂垂老矣。

后来，有了缝纫机。缝纫机的嗒嗒声，是多少人童年梦里如歌的行板。更多的时候，我总是凝神看着母亲指上戴的顶针儿，在灯光下，随着手指的灵动而闪烁着柔柔的光。家里有一个针线筐箩，似乎是用竹子编成的，里面有好几个顶针儿，还有黄灿灿的铜顶针儿。更多的是线棒，是用鸡鸭鹅的腿骨做成，每一根上面都缠绕着不同颜色的线，回想起来，也无外乎黑白灰等有限的几种。缠线棒上插着粗粗细细长长短短的针，筐箩里还散落着大大小小各种样式的纽扣。这一切，都带着母亲那双手的温度。

那时特别羡慕大姐。大姐温柔娴静，不像我和二姐那样整天走东家串西家。大姐很会绣花。当她把一块布固定在圆形的花绷子上，把各种颜色的线摆好，就会把我的目光和脚步都吸引过去。如今有些记不清那些绣花针是什么样的了，似乎有的针尖儿处有小钩儿。我就那样守在大姐身旁，看她的手灵巧如花，把我的目光也绣了进去。所以每次看到家里枕头上的花鸟图案，看到一些小帘上的山水蝴蝶鸳鸯等，都会有一种亲切感。

如今回望，大姐静静绣花的那些时刻，连光阴都泛着涟漪，似乎空气都旖旎着要生长出一种幸福，一种美好。当时的神往，是如今的沉醉，回忆如一根温柔的针，时光是缤纷的线，在我的心底绣上了那么多难忘的情景。

当年最喜欢去叔叔家里玩儿，有一次，看见才六七岁的小堂妹正守着一些碎布片挑挑拣拣，然后穿针引线，又剪又缝。等我和堂弟在外面玩够了回来，发现她已经做了好几件极小的衣服或者裙子，正在给她心爱的洋娃娃试穿。那时的小女孩似乎都会做这些活计，仿佛是一种最美的传承，来自母亲。

岁月流转，当兄弟姐妹重聚，聊起过往，笑声里却有着不尽的唏嘘，大姐早已不绣花了，小堂妹也已很多年没有摸过针线了。每次看到母亲拿出针线缝缝补补，虽然不复从前的灵巧，我的心依然会在柔软中疼痛，在疼痛中幸福，在幸福中濡湿。

爱是生在心上的皱纹

一

那条静静的街上铺满了落叶，西风缠绕着我的脚步，我的心和路旁那些凋零的树一样缀满了冷清。在我前面不远处，一个男人推着轮椅慢慢地走着，轮椅上坐着一个白发苍苍的老大娘。他们说着话，老大娘的笑声时时流淌着，生动了这条街的萧瑟。

他们停了下来，男人在老大娘面前蹲下身，我经过他们时，看到他正在给老大娘的腿脚裹毯子。老大娘伸出枯瘦的手抚摸着他的头发和脸，喃喃地说："儿子，你的头发也白了，皱纹也这么多了！"一声轻轻的叹息被长风衔走，那叹息里有欣慰，有心疼，有爱。

那一刻，落叶的呻吟已然隐退，我的心和路旁静默的树一样，都被唤醒了沉淀在生命深处的美好。

二

女人与儿子相依为命，在生活的晴雨中一路走来。

那个晚上，儿子坐在小桌旁一笔一画地写作业，女人用脚踏缝纫机做一些小活儿。儿子不知啥时候放下了笔，呆呆地看着妈妈的侧脸，女人转过身："你不好好写作业，盯着我干吗？"

儿子说："妈，你会一直这么好看吧？"

女人笑："傻孩子，等你长大了，妈就老了，满脸皱纹了！"

儿子低下头，似乎有点难过，过了会儿，他抬眼看着妈妈："妈，你满脸皱纹也肯定好看！"

女人伸手抚他的头："儿不嫌母丑，妈在你眼里是好看的就行啦！"

儿子用力点头："妈，我长大以后要好好保护你！"

女人转过身去，两行泪淌下来，却是那么滚烫。

三

每一年的春末夏初，当丁香花开得如火如荼，她都会来到千里外的这个小城，走进那条静静的小街，就站在墙侧的阴影里，看着那个不远处的院门，一站一整天。看着那个女孩背着书包上学，看着女孩快乐地放学，看着女孩和别的孩子在门前做游戏。她的眼里流淌着无尽的爱与疼痛，欣慰与辛酸，欢喜与落寞。

年年如是，已经十年了。从最初的时候。女孩被抱着进了院门，到女孩在门前蹒跚学步，然后去上学。光阴的脚步在这小城的小街上慢慢地流淌着，在她的额间发上匆匆地流逝着。

又一个春天，她在墙角看着女孩和伙伴在阳光下读书，想起那么多的日子就这样流走了，便垂下了头，分不清是怎样的情绪淹没了身心。忽然，一个清脆而小心的声音绽放在她耳畔："阿姨，你怎么哭了？"

抬起头，女孩微红的脸正如丁香般芬芳着。

四

不记得是在哪本书里看到的一封信，是一个老母亲写给女儿的，依然记得里面的几句话。

"上次回来，你抚着我的脸，心疼地说妈妈生了这么多的皱纹，还说你记得小时候，妈妈是那么年轻美丽。可是孩子你知道吗？妈妈在年轻的时候，心上早就生了皱纹了，你每生一次病，妈妈心上就多一道皱纹。后来你考学去远方，工作在远方，每想念你一次，心上的皱纹就多一道，现在，心上的皱纹比脸上要多好多倍了，只是你看不到啊，孩子！"

原来，每一次担心牵挂，每一次关怀呵护，每一次思念，都会化作心上的一道皱纹；原来，心上的每一道皱纹都是爱的叠影。

五

他少年时叛逆，青年时也叛逆，只要父母一说话，他心里便生长出无穷无尽的烦躁来。于是他在成年以前，都是和父母对着干，父母越想让他做什么，他偏不做什么，哪怕那也是他想做的，哪怕他知道那是对的。这就导致他在最好的年华里，走上了一条完全不被预料的路。

偏离了心中所想，虽然他把另一条路走得很好，可是渐渐地，他的愧悔在父母的憔悴中生长出来。他忽然觉得不值得，在父母的生命行将成为一地废墟的时候，才明白这些，仿佛一切都失去了意义，一切也都来不及了。

终于有一天，他伏在年迈的父母膝下痛哭着忏悔，父母却温暖地笑："可是，孩子，我们一直以你为骄傲啊！"

他于泪光中懂得，父母的心是多么广阔，而心上那一条条皱纹，都是爱的山冈。

母爱的另一种奇迹

　　小时候，他很怕母亲，因为每次说谎，母亲都知道。起初，他以为是自己的谎话说得不够好，可是即使编得再完美的谎言，也会被母亲像从米里挑虫子一样挑出来。

　　有时他会想，可能母亲去了解了情况，才知道自己撒谎。可是有一次，母亲在家里睡觉，他在一边看书。过了一会儿，他见母亲睡得很沉，便偷偷溜到野地里玩儿，估摸着母亲快醒了，才回到家。刚捧起书没一会儿,母亲就睁开了眼睛,把他叫到身前,问："我睡觉的时候你都干什么了？"他极镇定地说一直在看书，母亲的脸一下子沉下来："又撒谎，说，去哪儿玩了？"他当时很惊恐，下意识地退后了几步，说："你是妖怪！"

　　母亲一愣，他说："你都睡着了还知道我出去。"母亲笑着说："你要是承认自己撒谎，我就告诉你我是怎么知道的！"他老老实实地承认了，然后眼巴巴地看着母亲，母亲说："很简单的事，你每次撒谎的时候，右手的拇指就会压在食指上！"他仔细想了一下，

155

似乎自己真有这个毛病，心里挺高兴，相信了母亲不是妖怪。不过以后他撒谎的时候就少了，因为在母亲的突然袭击下，他根本控制不了自己右手的动作。

后来，他长大后，在远离母亲的一个城市里工作，一直想接母亲过来，可是母亲习惯了原来的生活环境，总也不肯去。他于是给母亲买了台电脑，让母亲在家里上网。有时候，晚上他会和母亲视频聊天，有一回母亲问他的女朋友处得怎么样了，什么时候结婚，他说处得很好，还年轻，先不急着结婚。忽然他见母亲的脸上又现出当年的神情，母亲说："你还敢和我撒谎，说说吧，是什么时候和女朋友分手的？"他忙看向视频窗口，自己只显示上半身，根本看不到手，母亲怎么又知道自己撒谎了？

他求母亲告诉自己破绽又出在哪里，母亲还是那句话："你告诉我事情经过，我就告诉你我怎么知道的！"终于他得到了答案，母亲说，他一撒谎的时候，右眉总是不经意地跳动几下。他很是郁闷，先是右手，后是右眉，看来自己说谎话的时候毛病真不少。

从那以后，他有什么事情不想让母亲知道，也不上网和母亲视频，因为他不想母亲担心自己。于是就改成打电话，可是，让他惊奇不已的事又发生了。有一次电话里母亲问他工作顺利吗，以前不是说升职现在升了没有，他告诉母亲升职的事要到年后才能实现，并罗列了一大堆理由。可是母亲说他撒谎，问他是不是升职的事没希望了。他极度不解，在和以往同样的交换条件下，他得到了答案。原来，他说谎的时候，每句话的第一个字都说得很重，而且会偶尔轻咳两声。

他很是惊奇，自己这么多琐碎的特点，母亲竟然能全部掌握！他并没有试着去改变自己的一些习惯，因为他知道，母亲一定还有其他的方法来鉴别。他很感动，知道只有母亲才会记得自己的所有，多少年也不会忘记。是的，如果有一天，母亲说出连你自己都不清楚的细节，不要奇怪，因为在母亲面前，在母爱面前，任何事都是奇迹。

那一声声叹息与呼唤

他从小爱鸟成痴。几乎每一只飞过眼前的鸟儿，都能飞进他的心里。父亲在他出生不久后就病故了，他和母亲相依为命。母亲白天去工厂上班，晚上还要在灯下用缝纫机做一些从服装厂接的小活儿。

他家住在城市最边缘的平房里，有个不太大的院子，小时候他经常站在院子里。看着檐下那些形状各异的燕巢，看着飞来飞去的燕子驮着风和阳光，悠然神飞。上学之后，他从别人那里要来一对鸽子，两三年的时间便繁衍了一大群。他养鸽子很用心，了解每一只鸽子的脾气性格。虽然家里并不宽裕，可他养鸽子，母亲却很支持。

当那群鸽子有一天不辞而别，不知飞往何处，再也不回来时，少年的他哭得不能自已。后来，他不只养鸽子，窗前更是挂了许多鸟笼，里面养着各种各样的鸟儿，唱着各种各样的歌儿。有时候，他和母亲，就默默地坐在那儿，听着那些歌儿。不知从哪一天起，他似乎开始了叛逆，不想和母亲说话，也不想听母亲说话，只有这样坐听鸟鸣的时候，他和母亲才是平和的，如雨季里难得的阳光。

他没有像母亲所期望的那样，考上理想大学，找份稳定的工作。他勉强读完高中，就告别了校园。在汽修厂当学徒，在市场上卖菜，在工地上当力工，每一种工作都做不长久，而时间就匆匆地流走了。他也没有像母亲所期望的那样，找个踏实的工作，不管挣多挣少，能够养活自己，成家立业就好。有时候他也觉得惭愧，母亲劳累半生，却换不来她所期望的种种。可是他常常自己都弄不清自己到底想要怎样的生活。也许只有与鸟儿相伴的时刻，他才是真正的安静与安然的。

有一天，他把所有的鸟儿都拿去与别人换了一只鹩哥。他的那些鸟儿里不乏珍贵品种，可是他依然坚决地换了。他发现母亲越来越沉默，沉默染白了头发，他也想每天和母亲聊上一会儿，可是却不知说些什么，似乎说什么都是辜负，都会勾起无边无际的自责。可是他能怎么办呢？三十而立，他什么也没立起来，不知道自己想要什么。难道真要等四十不惑才能清楚此生的因由？

每天空闲的时间，他都在教那只鹩哥说话，可那只鹩哥却不学不说，任何办法都没用。他怀疑自己上当了，换来了一只傻鸟笨鸟。最后他终于放弃了，带着深深的失望。他换来这只鹩哥，是想教会它说话，自己不在的时候，希望它能陪母亲说说话。虽然不能像人与人那样交流，但是他觉得把自己想对母亲说的那些话，都化为短句教会鹩哥，听着那些话，母亲一定会欣慰一些吧。

他最终离开了，只对母亲说，要出去闯荡一下，一定要混得像个样子再回来。母亲难舍的目光牵绊不住他离去的脚步，他像曾经养的那些鸽子一样，飞向了未知的天空。只是在陌生的环境中，他才发现，自己什么都不会，想着学吧，但与人交流相处却格格不入，处处碰壁。他被踩成泥巴，再从泥巴被变成石头，露出了黑暗的锋芒，走上了一条通向深渊的路。

偶尔他会给母亲写封信，也只是淡淡地说回信，报个平安。而且他不给母亲留下具体地址，他不敢面对母亲的回信。曾经面对面都说不出的话，如今身处尘埃之中，那些话更是化作了沉默。在监狱的三年中，他再没给母亲写过信，他怕母亲收到监狱的来信，会崩溃，他更怕的，是母亲的伤心与失望。

当他重回故土，已离家近八年了，一种沧桑感在心底蔓延成无边无际的秋。回到家，却是空无一人，母亲在一周前病逝了。那一刻，生命中的秋全变成了寒冷的冬。虽然已经不惑之年了，可有母亲在，他总觉得自己依然是个孩子，而从此，他就成了孤儿，断了温暖的来处，只能自己一个人去面对世事苍凉。

那天夜里，他躺在床上，把那些深埋在心底的话，对着黑暗一一说着，泪流满面，可是他知道，即使说得再多，母亲也听不见了。正被无穷无尽的悲伤包围着的时候，他忽然听到一声长长的叹息，他猛地坐起来，然后又听见一声："儿啊！"他跪在了地上，那是母亲的声音，带着无尽的落寞与悲凉。

隔了一会儿，又是一声长长的叹息，和对他的呼唤。他打开灯，没有母亲的身影，可那叹息与呼唤依然继续着。他在角落里看到了那只鹩哥，它已经很老了，在笼子里静静地卧着，它看了他一眼，又发出一声叹息，又呼唤了一声"儿啊"，和母亲一样的声音．一样的语气。

他抱着鸟笼，哭得不能自已。

你看见我的孩子了吗

那时我家刚从县城的一边搬到另一边，依然是平房，初来乍到，对周围邻里还不熟悉。正读高中，有一天放学回来，刚走进家门前那条短街，迎面就急匆匆走来一个三十岁左右的女人，她一脸慌乱，问我："你看见我的孩子了吗？"

我愣了一下，然后想着可能是她的孩子找不到了，就问她那个孩子什么样，穿什么衣服。她描述得很细致，我说没看见，建议她再找找，找不到就报警。她没听我说完，就忙忙地走开了。

结果第二天，又遇见她，她依然那么问我，我很惊讶，孩子还没找到，这么长时间怎么还没报警？可她依然不听我说完，就又去别处寻找了。我看着她，她逢人就问。一个街坊大娘告诉我，这个女人自从三年前孩子丢了，就一直疯疯颠颠的，每天都出来找孩子。这让我想起了鲁迅《祝福》中的祥林嫂，仿佛一种麻木习惯的悲伤，渐渐地就引不起别人的同情。

在这里住久了，也熟稔了每一户人家，对于那个疯癫的女人，也早已见惯不惊。一年后，我去外地上大学，离家远了，很想念门前的那条短街，和那条街上的人。第一个寒假回来，又遇见那个女人，当她问我："你看见我的孩子了吗？"我竟然觉得很亲切，对她说："天冷，孩子可能自己回家了，你回家看看！"她听了我的话，真的回家去了。

此后再放假回来，就看不到那个女人了，听说她家搬到县城的另一边去了。短街上少了她的身影和声音，就像空了许多。可是也慢慢地就习惯了，人们也都把这个人淡忘，只是偶尔提及，也仿佛很遥远的事，成了传说。后来，大学毕业，一直在外辗辗转转，我家也搬离了那个县城。故乡，故乡的许多人事，在我心底也成了传说。

十年后回乡办事，竟与当年的女人再度重逢。

十年的变迁，曾经的短街没有了，那一排排的平房都被高楼大厦取代，徘徊在曾经的地方，思念无依无着。然后迎面走来一个中年女人，踩着一地六月的阳光，脸上是温暖的笑意，问我："你看见我的孩子了吗？"

熟悉的一句话，往事刹那间都在眼前，我仔细看着眼前的女人，十多年的岁月，似乎并没有在她脸上留下太多的印迹，她就那么微笑着，暖如和风。我诧异地问："你的孩子还没找到？"

其实问过就后悔，她的孩子是找不到的了，可是一时又不知该怎么回答。她却说："早找到了！非常可爱，听话，再也不会走丢了！你是以前这里的邻居吧？那个时候，每天找孩子，心里又像糊涂又像明白，其实每个人我都记得，让你们见笑了！"

简单地说了几句，就和她告别，心里有着激动兴奋，没想到她的孩子找到了，她的疯病也好了。既如此，曾经那几年的苦，也是没有白受。她是多么幸运，在绝望之中能峰回路转。在这广阔的世界上，多少丢了孩子的母亲，痛苦终生！

到了亲戚家里，我依然很兴奋，便和亲戚讲了刚才的相遇。亲戚听了，很了然的神情，她说："我知道那个女的，在咱们县现在很有名的！她早年丢了孩子，疯了好几年，听说有一次她走到福利院那里，一直看着那里的那些小孩，一连好些天都去看，一看一整天。有一天回来，她就好了，不疯了。后来，她就去福利院领养了一个小孩，比亲妈照顾得还好。那以后，她每年都领养一个小孩回来，还包了郊区的一块菜地，种大棚蔬菜，好养活那些孩子！"

心里如同下过一场流星雨，很美丽的震撼。原来，她说找到了自己的孩子，是这样找到的！原来，她的幸运，是来自自己的善良！原来，一份没有终点的母爱可以给更多的孩子！忽然明白，为什么她的笑容那么温暖，那是因为她的心中有着一个美好的世界。

亲戚还给我翻找出本地的一张报纸，上面有一篇关于那个女人的报道。记者问，为什么你会每年都收养一个孤儿？她说，我对那些孩子更好些，别人也可能对我的孩子更好些！

就是这么简单的初心，没有什么煽情的语言，而越是纯净的，便越真实，越可贵！她给了那些孤儿一个温暖如春的世界，也把自己的心从痛苦的深渊中超脱出来，这种幸福，不是幸运，而是爱与付出。

碎　暖

　　一个午后，阳光透窗而入，照在一地的书上。我一边整理着杂乱的书籍，一边随着每一本书的入目而在心里生长着往事。忽然，从一本书里落下一张字条，那是一本十多年前的初中语文教材，真奇怪它怎么进入我藏书的行列中。

　　那张字条已经泛黄，是从大笔记本上撕下的一条，蓝色的字迹已经极淡："老师，我很喜欢听你讲课！"温暖的字句，一下子撞开了岁月深处的一扇门。那个时候，我刚刚到一个小镇的初中当语文老师。第一堂课紧张无比，很是有些语无伦次，下课的时候，我简直羞愧难当，有一种巨大的挫败感。这时候，一个女生走到我身边，把一张字条递给我。仿佛刹那间春暖花开，心中涌动着感动，还有希望在生生不息。

　　想起上大学时，我在学生会的宣传部，有一次布置一个会场，我在黑板上写美术体大字。下面有一些学生在自习，会议快开始前，他们纷纷离开，忽然，一个女同学走到我身边，把一张字条放在桌上。我一看，上面写着："誓言的誓写错了！快改过来！"我一惊，仔细看黑板上的字，一时又惭愧又感动。

我读初中的时候，班主任是一个很年轻的男老师。他教我们地理，在他的课上，我们常会有一些小动作。有一次下午地理课，他在前面板书的时候，我便写了张字条给前面隔了几排的一个好友："放学去河边的草地上踢球，多叫几个人！"趁老师转身的时候，我抛了过去，好友接过后，便回抛了一个给我："你再问问别人，看有多少人去！"于是我又炮制了多张字条，团成团四处抛飞。

谁知很不巧，向最前排抛去的那个纸团由于用力过猛，竟落在了老师的讲台上。恰好老师转过身来，他很好奇地打开字条看了看，没说什么，继续讲课。过了一会儿，他让我们自行把课文默读一遍，记住一些数据。正低头读着，忽然发现老师走到我身边，悄悄地把一张字条放在我桌上，上面写着："我也去踢球，放学后记得叫上我！现在是上课，要认真听讲。"那一瞬间，心里有一种说不出的感受。而自那以后，老师便融入我们之中，他也让我们明白，一个老师也完全可以不用绷着脸就能让学生从心里听从敬服。

阳光暖暖，我坐在一堆书中间，任思绪飘飞于一张又一张字条的往事之中。曾经在一个幼儿园的墙上，看到许多字条粘贴在上面，都是父母写给自己孩子的只言片语——如"宝贝，妈妈不求你以后能大富大贵出人头地，只要你一生平安就好！"每一字每一句都浸润着父母浓浓的爱，这家幼儿园把这些字条都精心地收藏着，说等孩子们长大以后，让他们回来看。我想，当长大的孩子们重回幼儿园，找到父母当年写给自己的字条，心里该是怎样的温暖和感动。

一个朋友是孤儿，她却从不悲伤黯然，她说她也有亲情，她同样在母亲的爱中成长。有一天在她家里，她小心地拿出一张字条，上面已经塑了封，潦草的字迹，仿佛临时匆匆写就。开始是一串年月日时，是她的生日，然后有几句话："妈妈会心痛一生，会爱你一生，你永远是妈妈最珍贵的宝贝……"

朋友的眼中满是幸福，那一张字条，是她生命中所有温暖的来处。记得一个高中同学跟我讲过，有一次他和家人怄气，便选择了离家出走，让他伤心的是，父母并没有阻拦他。及至在另一个城市走投无路，他偶然在衣服最里面的一个口袋里，发现一些钱和一张字条，是母亲的笔体："走够了就回家吧！"短短的一句话，瞬间消融了心里的坚冰，流淌着暖暖的感动。

常常流连于那些让人难忘的只言片语，那样的时刻，仿佛时光都走得那么轻缓。那些点点滴滴的暖，汇聚成爱的海洋，无时无刻不在包围着我们，生命，才会于变迁中而不苍凉，生活，才会于坎坷中依然那么多情而美好。

零下三十度的温暖

那是记忆中最冷的一个冬天，最初的时候雪少，干冷干冷的，连我们在这地方长大的人都有些受不了。而且，那时候我刚刚经历了一场挫折，仿佛看透了世态炎凉，所以愈发地觉得从心里往外的寒冷。

闲得无聊，也是为了躲避伤痛和失望，我决定去乡下的老叔家。老叔一直和我很谈得来，他由于种种原因，大学没有读完就回乡务农，可从没见过他露出过落寞的神情，相反却生活得有滋有味。在老叔那里，受他的情绪感染，我的心情也许会好些。那时老叔正赶着马车给镇上拉煤，每天都忙得团团转。于是我决定第二天和他一起去干活，也许劳累也可以使人忘掉很多事。

没想到当天夜里下了这个冬天最大的一场雪，早起一看，那雪足有一尺多厚，大风呼啸，寒气逼人。我和老叔赶着马车出发了。煤场在距镇上十多公里处，那里荒无人烟，很是偏僻。虽然出发前我们已经全副武装，厚厚的棉衣棉裤棉鞋，大狗皮帽子，毛围脖，只露出一双眼睛，可坐在马车上，我还是冻得眼睛生疼。老叔的鞭子打着响亮的哨子，说："今天零下三十度，最冷的一天让你赶上了！"我眯着眼睛，看着白茫茫的雪野，冻得说不出话来。

装完车，身上的汗便多了起来，竟是丝毫感觉不出冷了。休息片刻，马车开始向镇上奔去。风一吹，浑身的汗顿时变凉，接着便是彻骨的冷。那马身上一层细细的白霜，口鼻间突突地吐着大团的白气。我和老叔的帽子上围脖上也是白糊糊一片霜，风像细刀一样钻进身体，连打寒战的力气都没有了。中途路过一个小村子，远远地看见一个人站在村口的路边。待马车行近，看清那是一个四十多岁的妇女，手里拿着笤帚和一只编织袋。老叔忽然用力一甩鞭子，收回时鞭杆戳到煤上，立时一团冻在一起的煤滚下车去。

走出很远，不经意回头，见那女人正捡着马车一路颠簸下来的煤，装进编织袋里。又拉了两车煤，每次经过那个村子，那女人都等在那里捡煤，而老叔也总是故意弄掉些煤。终于我忍不住问他为什么，老叔说："你老婶的弟弟住在这个屯儿，他跟我说起过这个女的。这女的家里很困难，男人死得早，为了供儿子上大学，把地都卖出去了。自己家的那点儿口粮田，到秋天割下来的柴火还不够平时做饭用的，她家冬天连炉子都不点，屋里冷得直挂霜，她每年冬天都冻得一身伤！"我点点头，说："哦，所以她才在这儿等着捡些煤！"老叔甩了个鞭哨说："捡的那些煤她也不烧，要等到儿子放寒假回来时，才把炉子点着，让儿子热热乎乎地过个年！"我心里一动，忽然觉得不那么冷了，便想着也帮那个女人一把。

可是最后一次拉煤回来时，车却在半路陷进了雪壳里。我和老叔又推又拉的，马蹄把雪蹬得飞溅，仍没能拉出去。老叔坐下来，说："只好等过路的车帮忙了！"我也坐在车上，北风正紧，寒冷包围着我们。老叔从衣兜里摸出卷烟纸，掏出烟料来，熟练地卷好一支烟，点燃，深吸了一口，然后递给我。我虽不会吸烟，还是接过来吸了一口，立刻被呛得直咳嗽，忙又还给了他。他一边吸烟一边仔细地看着那明灭的火光，对我说："你看，这么冷的天也不能把这一点烟头冻灭！"看着那一点火光，我亦很有感触，老叔又说："这么大风，越吹，这烟头上的火越亮！人啊，有时也该像这烟头上的火光一样，冻不灭，吹不灭，那就有奔头了！"我一阵感动，老叔用最形象的比喻点醒了我。

等过路的马车把我们的车拉出来时，天已经有些黑了。最后路过那个村子时，竟没发现那个女人等在那儿，可能她觉得天太晚了，我们从别的路直接回家了！老叔一路打着极响的鞭哨，并大声地吆喝着马匹，我手一推，一些煤便落在了路边。车穿过村子时，我回头张望，见那个女人的身影正出现在路边。

返回城里后，心里竟是暖暖的，有了春意。想起那个为儿子捡煤取暖的女人，想起冰天雪地中老叔不灭的烟头，那份爱，那种启示，便会点燃我心中所有的希望和热情。每一个冬天都是春天的先行者，是的，在那个零下三十度的冬天，我却感受到了生命中最动人的温暖。

冷风暖香

　　腊月的天，冷得干燥，就像空气中凝结着永不会融化的冰。走在街上，忽然觉得周围有了一种灵动，那是一丝带着甜味的温暖气息荡漾过来，仿佛使寒流也有了脉脉的涟漪。

　　街上每隔上百米，便有一个卖烤地瓜的，面前是一只改装过的铁皮豆油桶，那些甜甜的香味就从其中溢出来。行色匆匆的人们，都会略略停顿一下脚步，那气味，那感觉，会让他们瞬间想起家的温馨。这条街是我每天上下班常走的，虽然不曾买过一个烤地瓜，可心里每次都会充满了温柔的感激，只为它们给了我一种微甜的心情。

　　已不知是从哪一天起开始注意那个女人的。她也就三十多岁吧，全身都围裹在厚厚的棉衣里，面前的三轮车上，一只大铁桶里炭火正红，地瓜的香甜将她围绕在中间。在她的脸上，挂着一丝笑意，没有顾客的时候也是如此，仿佛心里想起了什么幸福的事一样。第一次看见她的笑容，我有一种感动，甚至震动，惊讶于在寒风街头做小生意的她，竟能露出如此清澈的微笑。不像她身前身后的同行们，即使笑也是满怀沧桑与无奈，偶尔还会和顾客诉说一下生活的艰辛。而她却没有，好像地瓜的馨香把她的心也变暖变甜起来。

常有两个小女孩出现在她身边，像姐妹俩，她们也不多停留，只是和那女人说上一小会儿话，便牵着手跑开。而女人也总是喊住她们，掀开桶盖，拿出两个热气腾腾的烤地瓜塞在她们手上。几乎每天下班途中都会看到这样一幕，暖意融融，让人徒生羡慕。

新年的前两天，我下班路过那条街，女人仍在将暮的街头站立着。想想明天就开始休假，会有半个多月的时间不再路过，心中一动，便走上前去。我深深吸了口气，感受着那种甜甜的气息。好一会儿，我才迎上那张笑脸，此刻，那两个孩子刚刚拿着地瓜跑远。我说："我要买两个烤地瓜！"女人便打开桶盖，说："你挑吧！"女人的眼睛清明见底，我指着两个最大的，她却说："这两个不行呢！我要带回去给孩子！"一副很不好意思的神情。我讶然地问："你不是刚刚给过她们吗？"女人愣了一下，笑着说："哦，你说刚才那两个孩子呀！她们可不是我的孩子，她们的爸爸在前面拐角摆修鞋摊儿，腿脚有残疾，都挺不容易的。两个孩子跟我好，我每天都给她们烤地瓜，她们倒是越吃嘴越甜呢！"

铁桶里的热气扑散出来，女人将头上的帽子摘下，我看见她发间戴了一只很漂亮的小发卡，一朵淡粉的梅花。见我看她的头发，她说："快过年了，女儿送我的，说我戴上好看！"一种幸福与满足写满了她秀气的脸，那一刹那，冰封雪冻间都充满温情。离开的时候，我轻轻说了声"谢谢"，她微笑着点头，眼睛亮亮的，发上的梅花将我的心映亮。

年后回来上班的时候，竟有了一种期待的心情。只是那条熟悉的街上，不见了那个微笑如花的女人。一连很多天，都是日复一日的失望。满街的香气仍在，却再也没有了那张寒风中最暖的笑脸。我想，那样的一个女人，无论过着怎样的生活，都该是满怀幸福的吧！

走进一片雪花的温暖

越是寒冷的天气，雪花落得越勤。就如一生最寒冷的际遇中，总会凝结出一些直入人心的美好。其实冬季并不能将一切冻结，比如那些流淌的风，比如那些充满希望的心，都在冰封雪盖中生机盎然。

喜欢飘雪的日子，喜欢走进那一片苍茫的洒落中，身前身后都是舞动的精灵。女儿学校的门前，有一个卖冰糖葫芦的中年女人，在她的三轮车上，一根横着的圆木靶上，插满了红红的冰糖葫芦。她穿着一件绿色的旧军大衣，头上裹一条蓝色的头巾，脸上洋溢着暖暖的笑。孩子们都愿意买她的冰糖葫芦，我问女儿为什么，她说喜欢阿姨的笑。

后来知道这个中年女子身世很是悲惨，不说她那些种种艰难的经历，只是在如此寒冷的风中雪里，她的脸上能露出那么灿烂的笑，就足以让人心生钦敬。有一个雪天，路滑，车流如织，放学时间有许多学生在路上横跑。那中年女人冲过去，抱起一个滑倒的孩子放在路边，自己却被车蹭了一下，倒在地上。幸好车开得很慢，女人并没有受伤，她从地上爬起，掸掉身上的雪，笑着告诉那个孩子以后过马路要小心。而她身后的那些冰糖葫芦，像一串串红红的火。

记起几年前的一个雪夜，我们的车抛锚在一段土路上，透过茫茫夜色，依稀看见左前方有灯光。车上的几个人冻得直哆嗦，我便同另一个人冒着大风雪去向灯光处救援。走了近二十分钟，双脚已冻得麻木，雪花扑打在没有知觉的脸上。那是一个小小的村子，我们犹豫着敲开了村头一户亮灯人家的门，说明了情况，那个憨厚的年轻人立刻跑出了门，而老大爷和老大娘开始抱柴火烧炕。我们坐在热乎乎的炕上暖了一会儿，就见年轻人已带了七八个小伙子回来。于是我们坐着一辆农用拖拉机上了路，到了公路上，大家帮着把车用绳索拴在拖拉机上，就这样把车拖到了村里。

大家进了屋，便闻到一股香味，原来大锅里已炖了满满的酸菜和猪肉，这让饥肠辘辘的我们大为感动。至今仍记得那一夜的雪花，坐在滚热的炕头上，看着外面茫茫的飞雪，竟觉得充满了温暖的情趣，浑然忘了刚才的寒冷。特别是那些乡亲们的笑脸，让人心里热乎乎的，就像是自己的亲人。

去年冬末，和几个朋友去山上拍雪，在一个山谷里，便看到了震惊的一幕。只见高高的悬崖顶上，已堆积了很厚的雪，如墙耸立。忽然，那雪轰然而下，一时间如瀑布纵贯，惊天动地。一分钟后，积雪倾尽，我们却依然沉浸在那一泻的气势里。是的，所有雪花的积累，也会爆发出如此的辉煌，蕴含着如此的力量。人生之中的挫折磨难亦是如此，是一种沉重，也是一种积累。面对飞雪的瀑布，心中似也燃起熊熊的火焰，激情满怀。

我更愿意相信，每一片雪花都是冬季里那些不甘寒冷寂寞的心绪，都是那些充满温暖和希望的心灵在飘飞。忽然想起，在女儿学校的门前，那个卖冰糖葫芦的中年女人，在被车撞倒在地上的时候，头巾飘落，发上戴着一个雪花状的卡子。在飞舞的雪花中，那个发卡一下子就击中我心底最柔软的角落。

你是世间最暖的书

那时爷爷有满肚子的故事。我也曾一度以为爷爷一定看过许多许多书，要不怎么一开口都是那些让我们流连的传说掌故？

最喜欢夏日的夜晚，一家人都坐在院里的老榆树下，微凉的风从每一片叶子上滑落，爷爷的烟袋便点燃了满天的星光。通常是我们一群小孩子叽叽喳喳一番之后，爷爷也已满足地吸了一袋烟，把烟袋锅在鞋底上轻轻地磕，然后再塞满烟丝。这个时候，我们就都安静下来。知道爷爷又要开始讲故事了。

暖暖的夜，亮亮的星，还有围绕着爷爷的我们，苍老的声音带着奇异的力量，回荡在院落里，也回荡在我们心间。于是，那么多古老的故事，在我们心里生了根。我们沉浸其中，或惊讶，或迷茫，或惊恐，似乎每一种感受，都让我们眷恋，一如眷恋着那个温暖的身影。

多年以后，每次回望，心中都会浮现一幅遥远的画面。低矮的草房，茂盛的榆树，满天星月，树下长长胡子的老人，几个神情专注的孩子。那样的情景就镌在心上，任再长的岁月也湮没不了。

在白天，疯玩够了的我们，也会跑到田地里去，提着水罐，等待爷爷休息。太阳明晃晃地挂在头顶，爷爷终于从田间走出来，坐在地头的树荫下，衔着烟袋，不停地用草帽扇着风。我们聚拢过来，一面将凉凉的井水递上，一面等着爷爷讲故事。爷爷看着无边的田地，片刻间便能讲出一个神奇的传说。他心里的故事，就像这些大地上的庄稼，不知生长了多少茬。

上学以后，我们才知道，爷爷其实是不识字的，那时每条麻袋上他写上的名字，也都是练了无数遍才练会的。我们问，他的故事都是从哪里来的，他告诉我们，也都是听别人讲过的，听他的爸爸、他的爷爷讲的。原来，那许多故事，都是这样一辈辈流传下来的，就像那些庄稼，一茬茬地生长，从不断绝。

后来喜欢上了看书，有时会在书中与爷爷讲过的故事相遇。虽然爷爷讲的并没有书中的具体，可是，总觉得书中的故事少了一种味道。似乎少了那种氛围，少了那声音里的温度。当年，那些围着爷爷听故事的兄弟姐妹，也都喜欢上了读书，我知道，那是受了爷爷的影响。

渐渐长大的我们，有时也会相约着跑去爷爷那里，听他讲故事。爷爷的故事也有重复的，可是我们依然听得那么投入，如旧的星光月色，如故的人儿，我们倾听着的，其实是一种怀念，是一种流逝时光深处的温暖。爷爷讲完，便会让我们也讲，于是，我们便讲着各自听到的新奇故事，在爷爷明灭不定的烟袋火光中，爷爷的神情就如我们当年一般专注。

十六岁那年，爷爷去世。而彼时，我们已搬进城里两年了，爷爷依然留在乡下。有多长时间没有过那样的夜晚了，有多长时间没有听爷爷讲故事了。而如今，爷爷坟上的草已经黄绿了二十四次，每次回去，我都要在爷爷的坟前待上一会儿，一如当年坐在爷爷身旁，被他的故事萦绕。

这许多年，读过太多的书，包括当年从爷爷那里听来的各种评书野史，每次相逢，无不重叠着过去的点滴。其实，爷爷才是我一生中读到的最早的书，也是最温暖的书。他给了我想象的空间，给了我无尽的希望，为我开启了一扇美好的门，让我在以后的岁月里，与书相伴，心里的梦想生生不息。

去年驾车回乡下，傍晚，云霞满天，驶过一个村子，看到在一个院子里，一棵老树下，一个老人正给几个孩子讲故事。那一瞬间，在夕阳里，在车窗后，我的眼睛竟不由自主地湿润了。

你的目光我的河

那时从不曾注意，在我花团锦簇的成长之路上，是谁用默默的目光浸润着我的世界，才使得青春岁月如此静美而灵动。虽然有时自己跌倒自己爬起，脸上泪痕交错，可是在多年后的回望中，才发现，有一道目光，一直温柔地抚摸着我的伤痛。

时光盛开在奔跑的年龄里，游走的风景也只是瞬间经眼不经心的点染。儿时摔断了左臂，最初的疼痛就这样猝然来临，疼了许久，最后是痒得钻心。那个时候，你没有抱我，也没有哄我，只是说，男孩子，摔摔打打也是正常。胳膊好了后，竟然是有着弯曲，明显骨头没有对正，且偏差极大。

然后是再度的更为疼痛的经历，当我被抱进医院那间恐怖的屋子，回头张望，你的目光一瞬间进入我心底。那个年龄的许多事都已记不起，那目光却一直在我心头荡漾。于是便淡忘了重新将长好的骨头抻开的疼，虽然从未经历过那样的疼，日后想起，却只记得那目光。

都说成长如憩在蝶翅上的风般美好，仿佛每一缕岁月都浸润着花香草气。而在我的少年岁月里，却有着那么多不被预料的种种。起初是不愿意上学，逃学，后来被你抓获，狠打，拽着红领巾把我带到学校。那个时候，每当离开家门，你的目光就一直追随着我，就像利箭一般，我奔逃，想躲开那无所不在的监视。

真正的奔逃是在初中时，当我自由的脚步穿过无数的田野村庄，当那条河横在眼前，那一瞬间，在落日里，我竟想到你的目光。多像这条河啊，困囿着我的自由岁月，那么多的向往，只能在河的那一边。我就坐在那里，不想回家。夜色如恐惧的黑翅，覆盖了渐渐凉下来的心。耳畔只有流水声，却让我想到了呼唤，就是呼唤。

真的有呼唤远远传来，我看到手电的光芒划破夜的阴沉，然后，看到你的身影，带着温暖的沉重，站在我的眼前。脚步声踏痛着少年的心事，你跟在我的身后，手电的光在我脚下照亮圆圆的痕迹。周围仍是迷离的夜，我却能感觉到你的目光就栖在我的背上，在八月渐凉的风里。河声已渐行渐远，也许，在这一岸的遥远处，也是自由的世界吧。

高中时如愿跨过了那条河，去了县城读书，也是你目光的河无法流淌的遥远。在那个我没接触过的世界里，如脱笼的鸟，飞向所有的诱惑。我不愿意回去，我怕你的目光将我再度桎梏。寒暑假里，我和你说的话也越来越少，我用沉默筑成堤，阻挡着你的目光。想来，十几年的时光，话语越来越少，就如童年天上的繁星，现在只是寥寥。

你来过学校两次，也打了我两次。你将我从喧嚣的台球厅里拽出，在学校后面的那条背街上，你扬起手，虽然从小到大，你打过我多次，可是从没打过我耳光。你终是没有落下扬起的手，却重重地踹了我一脚，便呵斥我回学校去。一边走，一边感受着身后你的目光。那个时刻，有着一种莫名的从未有过的感受，说不清是什么，第一次脚步没有飞快。

再一次，是我和别的同学打架，把人家打伤。学校让找家长来，我就说我没有家长。本来，老师已经信了的。你却不知从谁那里听说，赶了来，依然在那条背街上，正是秋天，路旁高高的杨树上，黄叶纷纷落下。我一直把这一次也当成打，虽然，你只是拥住了我，可是却让我很疼。回去的时候，我终是忍不住回头看，一片叶子正落在你的肩上。一如许多年以后，那个场景，如一片重重的叶子，落在我的心上。

你目光的河就这样流淌着，淌过了我那些青涩的岁月。去更远的地方上大学，然后留在外地工作，家乡在尘烟之外。你的目光遥远，已然望不穿那许多的水阻山隔，可是，在许多他乡的沉夜里，那条河流入梦里的柔软，让我在醒来后的清晨，一枕的怅惘。

你把我养大，你管束着我，后来也明白，你也那么深爱着我，虽然，我一直没有叫过你"妈妈"，虽然，并不是你生了我，虽然，我有那么多年一直叛逆着你，可是，在我心里，你永远都是我的母亲。

当年躲避着你的目光，想挣脱那条无形的河流，而如今，我只想溯流而上，再看一看你被风尘浸染得失去光华的双眼，看看你被流光洗白的发。在你目光的河里，我愿意做一条最幸福的鱼儿，日日夜夜游向你的期盼，你暖暖的心里。

父母寄出的冬天

　　二十多年前的初冬，正是小阳春的时候，我去邮局寄一些投稿的信件，一路上被难得的冬日暖阳轻拥着，只觉心里一直以来投稿失败的阴影，被阳光洗得由淡趋无。

　　在邮局大厅里，我买了信封、邮票，坐在那儿逐一填写。不知什么时候，有两个人坐在我对面，低低地争吵着什么。抬头看，是一对中年夫妇，五十多岁的样子，男人穿着一件很旧的棉军大衣，女人系着一条蓝色的三角围巾，这种亲切的乡下装扮立刻让我想起曾经的许多岁月。女人拿着一个单子很沮丧的样子，男人还在数落她："照着写你都能写错，你还能干点儿啥？"女人小声地反驳："写错了就写错了呗，让你去再要一个单子就这么费劲？"

　　男人拿着针线笨手笨脚地缝着一个大包裹，女人只好自己又去要了一个单子回来，往男人眼前一递："你能，你写！"男人声音高了不少："我要是会写字还用你？"女人不再理他，四处看了看，然后有些不好意思地对我说："孩子，你能帮我把这地址填上

185

吗？我总是不知道往哪儿写。"我一边照着一张纸片上的地址填写着，一边问："这是给谁寄东西呢？"女人立刻满脸地笑："给我儿，他在外地上学，我和他爸今天进城给他买了一件棉袄，在外地怕他冻着！"

我看收件人的地址是在河北保定，就说："河北那边冬天可比咱们暖和多了，冬天可能不用穿棉袄吧？"女人很认真地告诉我："我儿从小就怕冷，身子骨儿太单薄，到哪儿都得穿棉袄！我和他爸给买了一个挺好看的棉袄，你看看！"男人的针线这么半天才缝起了一个头儿，女人拨拉开他，男人很不满："我这才缝，你就又掏出来！"女人瞪了他一眼："瞅你干那点儿活儿，这么半天才缝那么点儿！"她从包裹里拿出塑料袋装着的棉袄给我看，是当下比较流行的那种，夹克式的棉袄，深绿色。我夸了几句，说过几天我也买这样的。女人脸上的笑就像花盛开似的，男人的脸上也生动了许多。

帮他们填写完单子，男人此时也有些高兴了，问我："你是给别人邮信吗？"我说是，男人像是想起了什么，对女人说："咱们也该给儿写封信一起邮过去！"女人立刻动心了，她去那边要了一张纸，可是拿着笔并不写，拿眼瞅着男人。男人说："你不写信瞅我干啥？"女人甩了他一句："每次不都是你说我写吗？"男人一把抓下头上的狗皮帽子，很为难的样子，然后对我笑出满脸皱纹："孩子，还是你帮俺们写吧，她写字太费劲！"

我问他们，想对儿子说些啥，女人立刻说："多吃饭，吃饱！"

男人说："多锻炼身体，可要是和别人打架，回来我打死你。"女人白了男人一眼，说："咱家的老母猪一个多月前下了十二个小猪羔儿！"男人回瞪了她一眼："尽说没用的！儿啊，抓紧在学校里找个对象！"

他们依然在说着，我听着，边写边笑，笑着笑着，就觉得眼里濡湿。前几年我在外地上大学时，也曾收到过母亲寄来的棉衣，里面也夹着母亲写的一封很有意思却让人笑着流泪的信。男人女人最后说得自己都笑了起来，我多想能把这笑声也寄给他们的儿子，让他感受一下这种温暖与牵挂。我猜想，那个孩子收到棉袄与信之后，身畔和心底一定如春暖花开一般吧？

一切都弄好了后，我们一起走出邮局的大门，淡淡的阳光依然在身前身后洒落。他们笑着和我告别。那一刻，我心里充盈着柔软的感动，觉得身畔的小阳春更暖了。

再见，野孩子

　　十年前的时候，刚放弃了工作，每日里很闲，或伏案写东西，或倚窗看一些书。邻家上二年级的男孩没事的时候，总会在窗外看着我，似乎对我看书的样子很好奇。这个男孩是公认的调皮小孩，但是却很有礼貌，很招人喜欢。

　　一个周末的午后，男孩隔着窗问我："叔叔，看书有意思吗？"我笑着说："挺有意思的！可是我在你这么大的时候，有很多比看书更有意思的事！"他就很惊讶，走上前来想听我讲讲。看着他清澈的眼睛，便记起了许多遥远的往事，我索性抛了书，走出门，准备带他边溜达边讲。他冲着家里喊和叔叔出去玩，他父亲在窗后笑着对我点头，我带着他走向夏日的郊外。

　　阳光把小河流水的声音浸泡得带着几分慵懒，断断续续的南风裹挟着不知何处的鸟鸣，我俩踩着一地的光影，路两旁是昏昏欲睡的树。我告诉他，我小时候生活在农村，不上学的时候，每天都和一群小伙伴爬树，下河游泳，去大草甸上捡鸟蛋，或者从高高的墙上往下跳……他听得眉飞色舞，说自己一样都没玩过。看着他充满渴望的神情，我就想让他体会一次，可是四处看了看：爬树不行，他那一身新衣服可能会弄破；下河游泳还是算了吧，也不知这里的深浅；捡野鸭蛋没有草甸……

看到前面一带矮墙，一米多高，墙下是柔软的草地，我就带他爬上墙，告诉他我们比赛，看谁在上面跑得快。他有些跃跃欲试，我说摔下来不许哭，他说除了被妈妈打还从没哭过。于是他前我后，我们两个在墙头上越跑越快，他的平衡能力还真不错，而且胆子也比我想象的大。最后，我从墙上跳下来，他也毫不犹豫地跳下来。我俩坐在草地上歇了一会儿，他忽然想出一个好主意："叔叔，咱俩再比赛一次，站在墙头上往下跳，看谁跳得远！"我欣然同意，一大一小两个身影不停地上上下下，都摔了好几次，却摔出了更响亮的笑声。

回去的时候，我们都是满身的汗，他很恋恋不舍，一个劲儿追问我，是不是我说的那些都比这个更好玩。一进小区遇见他妈妈，他妈妈问："看你咋这么高兴，干啥去了？"他很聪明地回答："叔叔带我散步去了，给我讲故事！"然后偷偷冲我眨眨眼，就跑回家去了。

我也久久不能平静，童年的往事如潮水般一一涌来，那个时候，我们真的是名副其实的野孩子，似乎根本没有怕的事，大人们也根本不管我们，那种亲近泥土的快乐，是我们生命中最初的蓬勃朝气，有着浸润一生的回味。可是现在的孩子呢？比如这个被公认为调皮淘气的邻家男孩，有时也被他妈妈叫成野孩子，可和我们当年比起来，简直就比小女孩还要安静。即使现在农村里的孩子，也大多已经失去了那种野性，都是乖巧得让人心疼。

现在都是一切以安全为主，可当年的我们，哪有安全的意识呢？四五岁的时候，我就从炕上冲下来，跌断了胳膊。在我成长过程中，如果每天不受点儿小伤都是不正常的事。哪像现在的孩子手划了一条小口，就是见了血的了不得的大事，弄得全家人紧张。以前看到一些小孩上树下河的，大家会觉得这些孩子真是幸福快乐，后来再看到这样的场景，大家会想，这是谁家的孩子？多危险啊！

忽然想到，之前如果邻家男孩跳墙的时候，真的摔坏了，那该多可怕？邻家的人肯定会在心里把我恨死了。幸好男孩聪明，没有说我带他玩了什么，否则他父母也定然会警告他下次不许这样。我便有些后怕，进而又想到，万一他以后要是自己去那里跳墙玩呢？而且我对他讲了那么多我小时候玩的东西，万一他以后心痒难耐，自己跑去下河游泳呢？自己跑去爬树呢？于是心底又多了一些担忧。

快到秋天的时候，有一个午后，邻家男孩又隔窗和我说话，他凑过来说他爸爸妈妈把他教训了。我一惊，问因为什么，他告诉我，他给父母讲了我说的那些好玩的事，把父母吓坏了，警告他如果敢出去那么玩，一定狠狠打他。又和他说，如果摔坏了就上不了学了，要是在河里淹着就连命都没有了。他的目光不再那么清澈，里面融了一些明显的恐惧。我忍不住逗他："走，叔叔还带你玩去！"他眼中有光闪亮了一下，然后就很快熄灭了，摇摇头走了，瘦弱的双肩微微下垂，仿佛背负着一种无形的负荷。

我的心也沉重起来，我知道，一个野孩子就这样被驯服了。想起几天前，在公园里看到一个男孩在别的孩子的注视下与欢呼声中，爬到树上去摘臭李子。看到这一幕，我想到的竟然也是这多危险，摔下来怎么办？

那一刻我知道，我心里的那个野孩子也渐行渐远，正在慢慢地消失。

母爱的河流

　　或许每一个女孩都有过当母亲的梦想，她也是这样。很小的时候，她在母亲温暖的怀里，在柔软的手里，在轻轻的摇篮曲里，就感受到做一个母亲是多么美好的事，而做母亲的孩子又是多么快乐幸福的事。所以，小小的她总是抱着美丽的布娃娃，悠着她，给她讲故事，给她唱歌，仿佛自己是一个小小的妈妈。

　　她也会学着母亲的样子，用碎小的布头，细细地给布娃娃缝衣服缝裙子。在一针一线里，她觉得自己真的是一个很爱孩子的小妈妈了。当她七岁时，弟弟出生了，看着那个小不点儿，她的快乐更是流淌成村西的小河。弟弟渐渐大一些，她会小心翼翼地抱着他，每次弟弟的笑容都能淌入她的心底。弟弟更大些的时候，她就背着弟弟出去玩，弟弟在她背上扯着她的辫子。她发现，很多小女孩都带着小弟弟，像妈妈那般呵护着。

　　这时候，她的布娃娃已经被冷落了，每天除了上学写作业，就是带弟弟。每一个姐姐，对弟弟都有着母亲那般的情怀与爱。多年以后，她听到一首叫《姐姐》的歌，忽然就泪流满面。此生先做姐姐再做妈妈，是多幸运幸福。

青春的年月里，她无数次地憧憬，自己会遇见怎样的一个男人，和他成家，和他生活，想象会生一个怎样的孩子，总是这样就想得痴了。每次回到家，看到母亲不再如从前那般年轻，发间有了星星点点的雪，心里就会有瞬间的疼痛，她知道自己也将会成为一个母亲，也会像母亲那般，为孩子付出所有最美的时光，在岁月的风里生了皱纹白发。可她并不恐惧，反而很期盼，多好的光阴啊，因为平凡和爱。

后来她终于结婚了，虽然不是想象中童话般的浪漫美好，却依然是她的欢喜，她知道，一种崭新的生活已经启程了。可是有启程就有告别，出嫁的那天，她看到了母亲的欣慰也看到了失落，看到了母亲的笑颜也看到了忧伤。她也是笑伴着泪，离开了母亲，走向自己的生活。

她怀孕的日子，放飞了太多的想象，而且让她微笑且神飞的，有母亲爱着自己，自己作为母亲也爱着孩子，多像一条流淌的爱之河啊。她身处其中，上游有母亲，下游有孩子，自己既是孩子也是母亲，世界上还有比这更让人欢喜的事吗？而母亲升级当了姥姥，也一定是不一样的幸福了。

可是她没有想到，那一天，自己成了母亲，却失去了母亲。母亲走得那么突然，都没来得及看看女儿所盼着的幸福。那些日子，她觉得那条爱之河断了，自己成了一个孤零零的源头。看着怀里的孩子，她的爱和泪一起奔涌。很长很长的日子，她都无法走出那种悲伤，断了的那条河，上游的水都化作了泪。幸好有孩子，否则自己的心毫无寄托之处，那会加倍难过。

当岁月把悲伤磨成心底的疤痕，她自己的女儿也长成了小小的女孩。有一天，她看到女儿抱着布娃娃，轻声地哄着，还讲着童话，刹那间仿佛时光流转。那一刻，她忽然就放下了，母亲虽然走了，可她的爱时时在心。那条河从不曾折断，从母亲的母亲，一代一代地流淌着，流到自己这里，又流向女儿清澈的心底。

每一个人都在这条河中成长，从此，她更为自己是个母亲而幸运幸福，不管能流淌多久多远，爱，却从不会断绝。

 第五章　寒不冻心跳，风不散笑容

寒不冻心跳，风不散笑容

十月，便已下了雪，小兴安岭的冬天早早地来了。这最初的冷，往往在感觉上要比三九难熬。

每一年由初冷入深冷的日子里，我天天都会到河边散步，看一河流水在寒冷的细细侵蚀中渐渐凝固。有时会想，如果说流淌是河流的心跳，却就这样被寒冷冻结了。记起儿时同亲人一起去冬天的河里捕鱼，当冰镩子凿透厚厚的冰层，却见冰下流水依然。原来，河流的心跳从不曾被冻结；原来，那一层坚冰只是一种保护。

在艰难的境遇里，我们在坎坷中散漫，或者在打击中消沉，其实，那只是一种保护。就像冬天的河流般，在身上披上铠甲，是为了不让心上生茧。只要心依然跳动，再寒冷的季节，也冻结不了流淌着的温暖。

遥远的当年，还是少年时代，就曾在冬天问过家人这样的问题，是不是所有的水都不会被彻底地冻结？是不是所有的水都能在冰层下流淌？其实并不是这样，我们曾刨开过甸子里那些小小的水泡，甚至大一些的池塘，冰层竟是冻到底，下面并无流水。便明白，被冻透的，只是那些死水。冬季来临，它们就死了，或者说，它们早就死了。

就像有那么一个人，他就在我们身边，他日复一日过着不变的生活，他也笑，他也沉默，他似乎就要这样度过一辈子。就算遇上艰难坎坷，他也是一样的状态，不谈得失，不论悲喜。有人说，这是一种淡然，或者一种超然，而我却觉得，这是一种失去了希望的麻木，笑也麻木，沉默也麻木，平常时麻木，艰难时也麻木。

所以，冬天依然流淌的河，到了春天就冲破了桎梏，把清澈的笑容写在我们的眼睛里。河流的笑容来自不停地流淌，而非偶尔路过的风。只有那一汪汪死水，才会在风来的时候，麻木地笑。

而对于我们来说，笑由心生，只要心中有美好的希望在葱茏，哪怕外面是无边的风雪，也冻结不了如花绽放的笑容。风再大也吹不散笑容，再深重的苦难，也挡不住向着梦想前行的脚步。风越大，就越应像河流一样，笑容越灿烂。给生活以微笑，生活便会回报以花开。

小的时候，问祖父，您的脸上怎么会有那么多深深的皱纹？祖父一生经历坎坷，可是无论在城里还是乡下，他都走得坚实而有力，也从不曾在生活面前弯了腰，总是露出真心的笑容。他这样说："我脸上的皱纹是笑出来的，比别人笑得多，所以皱纹就比别人的多，比别人的深。"多少年间，每一想起祖父的答案，心里就会濡湿，仿佛一种美好在涌动着，就要拔节开花。

　　寒冷能冻结万物，却冻结不了澎湃的心跳，也冻结不了在苦难中露出的笑容；而苦难能在脸上刻下沧桑，却不能抹去笑纹里荡漾着的温暖。那么，就用足音般的心跳，去迎向正在走来的冬天；面对渐渐强烈的北风，就准备好最美丽的笑容吧！

大雪封不住希望的心

有一年冬天，我和表弟徒步去离村几十里外的荒野中抓兔子。在白茫茫的雪野中走了许久，也不见那一行令我们欣喜的印迹。中午的时候，起了暴风雪。漫天的狂风，无边的大雪，甸子上的积雪被风吹得像波涛一样滚动，我和表弟躲在树下，满心的恐慌。

过了近两个小时，风停了，雪也小了，我和表弟忙着往回赶。可走了好一会儿，发现周围仍是无边的雪原，雪虽然没有刚才下得大，可我们的足迹还是很快被湮灭。我们心里一惊，知道是迷了路。本来在冬天很少能在野外迷路，至少有来时的脚印能引领我们回家。可是现在，周围除了雪还是雪，没有路。

那些站着的身影，是荒甸上稀稀疏疏的树。

每走到一棵树下，表弟便爬上去向远处张望，可是这么大的暴风雪过后，很难见到村庄的影子，仿佛大地上的印迹都被大雪埋没。就这样一路走着，心里焦急万分，如果不能找到村庄，到天黑下来，等着我们的就是黑暗与寒冷，无疑是死路一条。一边走一边纳闷，平时没觉得甸子这么大，怎么周围的村庄一个都看不见呢？我们本想朝着一个方向走，可是满天风雪，根本无从辨别方向，只好向认为对的那个方向不停地走。

当表弟再一次爬上一棵树时，他大声喊道："哥，前边的雪地上有个黑点！"我们精神一振，奋力迈着疲惫的双腿向前方走去。有的地方雪极深，一脚踩下去能没掉整条腿，这让我们提心吊胆，怕掉进一些被雪填平的深坑里，这极大地影响了我们的速度。表弟一次次地上树，我们离那个黑点也越来越近，这是我们唯一的希望了。

终于走到了那个黑点所处的位置，却是一口极深的水井。表弟失望至极，我心里忽然一动，说："既然这里有井，附近一定有村子！"表弟闻言又来了精神，飞快地爬上一棵最高的树，观望良久，忽然大喊："哥，我看见那边有一缕缕的烟，可能是个村子！"我们立刻向那边出发。现在已是傍晚，表弟看到的烟定是村庄的炊烟。又走了近一个小时，一个村子出现在视野里，此时天已擦黑，那一刻，我们都躺在雪地上，大口地喘着气，放下了心中的巨石。

到了那个村子，我们在老乡家休息了一会儿，便抄近路回到了家，才几里路的距离。想起来真是后怕，如果没有那眼水井，我们也许真的会把命丢在无边的雪野之上。而且内心也很震惊，那么猛烈的暴风雪，竟然封不住一个小小的井口！

许多年以后，再次回想往事，心中忽然就多了一份震撼一种感悟。如果把人心当成一眼水井，那么就算生命中的风雪再大，也无法锁住心里的热情。而且，更重要的是，还能给迷路的人指引方向、带来希望！

广场上弹吉他的弟弟

太阳刚刚爬过对面楼房的顶上，弟弟便开始忙活起来，穿上那件浅灰色的长风衣，背着那把破吉他出门，去家附近的一个不大不小的广场上班了。

弟弟所谓的工作，在我看来，和他周围那些面前摆着破碗或者竖着写满悲惨经历的人一样，是希望得到别人的施舍。但只有他称那是工作，而且他是很认真地说那是他的工作。

他第一次去的时候，我笑着对他说："你周围的那些人，不会让你抢他们的生意的！"他神秘地笑笑，说："我自有办法！"只是那天中午回来，弟弟的长风衣上布满了脚印，他连饭也没吃，回到自己的房间，一会儿便传出了呻吟声。到了午后，他居然起来了，而且把风衣上的灰掸得很干净，背上琴又要出去。我叫住他："换身行头吧，你穿成这样去，不挨打才怪！"他留给我一个倔强的背影，走起路来，腿有点微瘸，看来被教训得不轻。

晚上弟弟回来后神采飞扬，衣服也干干净净，看来他下午不但没有挨打，生意好像也不错。我打开他的琴盒，却是一枚硬币也没倒出来。于是嘲笑说："你连一毛钱都没挣到，还乐得像捡了金条一样！"他故作高深地一耸肩："太俗，张口闭口都是钱！我这高雅的艺术岂是金钱能衡量的？"

我曾在一个网站上看到过弟弟的长篇玄幻小说，他同时开了两本书，都已经签约上架，也已经出版了第一本的第一部。我常批评他："白天的时间用来在家写书多好，你知道那些读者对你的作品有多么期待？你对得起他们吗？"他回应我的依然是背着琴盒有些酷酷的背影。

快冬天了，弟弟还是那身装束。我曾对他说："你得多买几件风衣了，总穿一件，观众们会有视觉疲劳！"他却说："没多长时间了，冬天我就不去了，太冷，旁边的那些人冬天也很少出来！"呵呵，他居然跟那些乞丐对比上了，在我看来，他似乎忘了第一天他们联手揍他的事了。他还一本正经地说："那些人并不像你想象的那样都是骗钱的！"

天气逐渐冷起来了，从我们小区通往广场的柏油路被银杏树叶染成一片金黄。像我这种爬格子的人平时是很少出门的，这天却突发奇想，想去看看弟弟是怎样工作的。正是下班的时间，广场上人来人往，弟弟被那些下班的人里三层外三层地包围着，吉他声、歌声硬是从人群中传了出来。呵呵，这小子，一首看似普普通通的流行歌曲，倒是被他整出了"绕梁三日"的感觉。我好不容易挤了进去，看见弟弟面前的琴盒里已悠闲地躺着不少的零钱和整钞，这些钞票和它们新的主人一样，流露出一脸的得意。

我从人群中退出来，躲在一边。凝视着落日那诱人的余晖，我点上一支烟。渐渐地，围拢的人群散去了，弟弟艰难地站起来，把琴盒里的钱散发给周围的乞丐们。呵呵，原来整个秋天，他都是替那些曾经打过他的人讨过冬的钱啊！我想起弟弟在他的小说中说："网上说今年冬天会更冷，这回你们冬天不用出来了！"

为了不让弟弟看到我，我先跑回家，站在一楼的窗口，看着弟弟慢悠悠地走回来，凉凉的风吹动他长长风衣的下摆，他脸上依然是满足的神情。一进门，他立刻换了一副神情，急急地甩了风衣，脱下裤子，把左腿的义肢摘下来，疼得龇牙咧嘴，腿根的断处，已经磨得不堪入目。我忙为他抹药，再把他抱回房间。

那个夜里，我在弟弟更新的小说中，看到他借主人公的口说出的几句话："原以为最幸福的事，是和心爱的人相伴偕老，现在才发现，最幸福的事其实是给别人以帮助；原以为最痛苦的事，是恋人陌路，可是经历了才知道，在那份帮助别人而得到的幸福面前，这种痛苦微不足道。"弟弟在说着他自己的心声啊。

低头见花

有些东西,只有低下头来,才会发现它的存在,或者它的美丽。就如尘埃之中,那些被忽略的闪光之珠,又似回首时,眷恋着的,总是那些不经意间走过的寻常点滴。

在夏日的山岭间攀爬,至顶,四望都是起伏峰峦,长风浩荡,单调的苍凉与沧桑漫卷心头。只是一低头的刹那,见谷间丛丛簇簇的灿烂,那些幽幽的花儿,就在这样不期然的时刻,与我的目光猝然相逢。于是,高处的寂寞与孤独消于无形,那些年年开且落的幽谷之花,把一种心绪点亮,把一种感动暗放。

有的人有高处不胜寒的喟叹,他们过多地注目于自身的高度,从而错过了许多开在尘埃里的花。可那些在低处默默的东西,却是无比的宽容,它们就在那里,我们只要低下头,就会与美好相遇,它们就会给我们一种全新的心境。

有一年去一个大草原的深处,碧草连天,极远极淡处,天之蓝与草之绿交融于一处。驰心骋怀间,为无边的绿而震撼,也为

205

其无涯而感到怅然。此情此境之中，极想看到一点别的色彩，来缓冲那种万里的单一。同行的旅伴却惊喜地叫："看，脚下的草里有花！"于是都低头，那些狭长的草叶间，生长着一种不知名的小花，没有指甲大，黄白两色，此时却如此地装点着我们的眼睛和心灵。

而更多的人，更像那些深谷之中或草叶之下的小小花朵，终其一生的平凡，就连那花儿也是毫不张扬，湮没于芸芸众生之中。可是，我们却很少有人抱怨，其实也并没有什么好抱怨的，只要能努力开出自己的花，即使再小再素淡，也是芬芳美丽的一朵。也会在某个时间，落入别人惊喜的眼中。如此，就足够了。就算无人用温柔的目光把那些花儿轻抚，只要绽放过，就是无悔。

每一个生命都是一朵花儿，每一个生命也都是一个赏花者。我们在匆匆的行走中，不忘时常低头去看那些花朵的美丽，同时也努力让自己的生命芬芳四溢，期待在某天，映亮一双落寞的眼睛。

相互浸染，相互温暖。我们与那些花儿的距离，我们与那些美好的距离，其实只隔着一低头的空间，只隔着一低头的瞬间。

创造生活

世上有三种人。第一种人承受生活，觉得一切都是命中注定，便一步一步随波逐流地活到老；第二种人迎接生活，他觉得生活就像手中的一副牌，虽然牌面是注定的，但打法却由自己掌握；第三种人创造生活，认为生活就是一块洁白的画布，美好的前景全由自己去勾画。

"创造就是消灭死。"罗曼·罗兰如是说。创造生活就是把生活中的黯淡变成辉煌，平庸变成高尚，剪去命运的繁枝冗叶，使生命之树向更高的方向生长。创造生活，该是一种充满激情的挑战。

创造生活首先要创造希望。有了希望，前进就有了方向；有了希望，梦想的归宿才不再是雾里若隐若现的一幅剪影。创造希望也就是拥有了无尽的温暖动力，还管什么脚长路短四顾茫茫；创造希望更是创造了人生的最大财富，一颗自由梦想的心就像候鸟滑翔的身影，永远带领我们去寻找一种怦然心动的生活。

创造生活还要创造激情。人没有激情就像鸟儿没有翅膀，就像花朵没有阳光。如果生活是一只船，那么希望是帆，激情就是不停鼓荡的一帆风满；如果生活是一条路，那么希望是脚下的灯，激情就是漫漫风尘中的万丈雄心。创造激情就是在生活的风浪中创造豁达的心境、坦荡的胸襟和美丽的执着。

创造生活更要创造生活的内容。每一天的太阳都是崭新的，每一天的自我也是崭新的，每一天的生活更应是崭新的。就像在蓝天上点缀白云，就像在大海上点缀风帆，创造生活的内容就是在匆匆游走的岁月中加上一颗时常感悟的心，就是在生命的旅途中开创一片蜂飞蝶舞的芳草地，可以让灵魂时时在其中憩息。

学会创造生活，生命便展示给你一片常看常新的风景。如果没有创造，就不会有今天的世界，创造生活是人类文明发展的唯一路途。沿着这条路我们走过幼稚，走过丰盈，最终走向生命的极致！放眼一切赏心悦目的存在，你会感悟：创造生活就是创造美丽！

一只鹅的尊严

起初母亲养了三只小鹅，长到快有鸡那么大的时候，被家里一只贪婪的猪吃掉一只。于是，母亲又买回来一只小鹅，两大一小，继续相伴成长。开始还大小明显，随着快要长成大鹅，它们就渐渐地相差无几了。

这是三只母鹅，后加入的那一只，背上是黑色的，我们叫雁鹅，可能是大雁的后代。所以这只鹅就很灵活，不安分。另外两只鹅也许在一起的时间长，所以它俩形影不离。它俩不怎么理会雁鹅，雁鹅却一直跟着它俩，不远不近地跟着，不凑到身边去。那两个也经常会欺负它，它就奋起反抗，鹅不像鸡，互相打架的并不多，可它们三个打起来也很激烈。

雁鹅开始是被动打架，后来似乎是上了瘾，不过它并不挑衅那两个前辈，却挑鸡鸭下手，偶尔也对猪狗挑战一番。它战斗的时候，长长的脖子伸得很直，压得很低，几乎快贴着地面，就这样冲过去，我常想，这样一张扁长的嘴，还没有锋利的牙齿，怎么能打击到对手呢？

那个夏天午后，我坐在北窗那儿看语文课本，院子里别的禽畜都在阴凉的地方眯着，只有雁鹅很精神，溜溜达达，然后就溜达到了北窗下。我便想逗逗它，拿着一个平时玩的小水枪，瞄准它的头，一通射击。它被突如其来的攻击给打蒙了，愣怔了一下，然后转过头来，盯着我看，还作势要向我冲过来，可是在我密集的射击之下，它最后还是撤退了。它好像很愤怒，只好去找那些在墙脚蹲着睡觉的鸡出气，一时院子里被它搅得鸡飞狗跳。

傍晚的时候，我出去找小伙伴玩儿，刚走到院门口，就听到身后有一阵响动，回头，雁鹅正大步跑过来，脖子压得很低，做出攻击的姿势。一时觉得好笑，这家伙还很记仇，可能是觉得我冒犯了它的尊严，可它欺负那些鸡鸭时怎么不想想自己呢？我没有躲闪或逃避，觉得它那嘴也没有什么威胁，更想看看它到底会怎么样。结果它冲到近前，一口就咬在我腿上，咬紧了还晃着脑袋一拧，顿时，钻心的疼痛袭来。大怒，飞起一脚，它灵活地一闪，叫着跑远了，它的叫声怎么听怎么像在笑。我一看小腿，被它连咬带拧地出现了一小块儿青紫。

估摸着它咬我一口也出了气，想着以后离它远点，互不侵犯。谁知这家伙不依不饶，见我必咬，每次我都是飞快地跑走。直到过了一个多月，它的怒火才渐渐熄灭。雁鹅还很愿意管闲事，如果来了外人，它比狗还积极，叫声极为高亢，乐此不疲。有一次，父亲嫌它太吵，就追着它打它。结果，它一气之下，就再也不管闲事了，来多少人，它都视而不见。

有一次母亲给鹅喂食，雁鹅不知去哪里闲逛了，没有赶上。它回来后，发现没有吃的，大声抗议，可是没人理它，它就回到窝里趴着。第二天早晨，喂食的时候，它不出来，母亲也没注意。中午，它依然不吃，母亲把它赶出来，它看了那些食物一眼，很不屑地走开了。晚上还是如此，母亲有些急了，不知它是生病了还是怎么。直到第三天中午，母亲把它赶出来，给它单独弄了一盆吃的，并把它往食盆那里赶，它才勉为其难地给了面子，开始慢慢地吃。

雁鹅再一次不吃食的时候，已经是快冬天了。这次不是因为怄气，是因为真病了。母亲给它喂药，它死活不张嘴。后来把药拌在食物里，它只吃了一口，就走开了。以后就是不拌药的食物，它也吃得很少了。而且他失去了往日的活泼好动，每天大多时间是在那儿静静地卧着。后来看它实在是要坚持不下去了，就准备给它强行灌药。我把着它的头，它剧烈地挣扎，我松开手，它很轻蔑地看了一眼我们，然后头就垂了下去，带着长长的脖子，垂到地上。它就这样死了，无声无息。

三十多年过去了，不知为什么，每当我在世事中随波逐流的时候，总是会想起那只雁鹅。

盛开在碗里的硬币

中午时经过一所小学门前，目光忽然被一个人吸引。那是一个十一二岁的小女孩，坐在地上，面前放一只碗。那只碗很大，现在的人家很少见到这样大的碗了。她的衣服上居然还带着补丁，她并不像别的乞讨的孩子那样，在面前竖一张纸板或者用粉笔在地上写着悲惨的经历，她只是默默地坐在那里，有着一种莫名的神情。

当时正是放午学时间，那些学生成群地拥出校门，有的走向来接的家长，更多的人涌进校旁的麻辣烫、过桥米线等店铺。那些学生，和这个女孩年龄相仿，却有着迥然的神态，仿佛天地之隔。女孩的身边围拢了一些学生和家长，有的学生拿出零钱给女孩，有的在一旁观望嬉笑。

女孩很奇怪，如果面前的手递过来的是纸币，她就装进口袋里，如果是硬币，就摆放在碗里，而且摆得极美观。我饶有兴致地看着，她把一枚一元的摆在碗底中央，周围是一圈金黄的五角硬币，在旁边又是一元的，看看摆不住了，便放第二层，一枚压三枚，就像一朵正在慢慢开放的花朵。我看了好久，直到她的碗里摆满了硬币。然后她小心地捧着碗站起身，慢慢地离开。

　　我正要走，忽见女孩走进了旁边的卖麻辣烫的店子，好奇之下，便跟了过去，女孩刚一进店门，便听服务员说："怎么还要到屋里来了？去外面！"女孩的脸一下子红了，小声说："我想买一碗麻辣烫，带走！"然后轻轻地从碗里拣出几枚硬币。等她提着麻辣烫出来，又拐向另一边的一家书店，只是在门口犹豫了半天，终于没有走进去。我依然跟着她，她又买了一双凉鞋，很大，看样子不是给自己的，还买了一包低档香烟。口袋里的纸币已经花尽，碗里的硬币也只剩下少半。

　　她慢慢地向前走，依然用一只手托着碗，就像在呵护着一朵开在掌中的花。她一边走一边喃喃自语："还要给爸爸买瓶酒，给弟弟买个玩具……"她回头看了一眼路过的书店，眼中有一丝不舍，只是没有停下脚步。我快步超越她，回头看，那只碗里的硬币依然是一朵花的形状，在阳光下闪着灿烂的光。

　　我猜想，她或许有着一个极贫困的家，有着一个多病的母亲，有着一个劳累的父亲，一个小小的弟弟。本该是在鸟语书香的校园里读书的年龄，却要在大街上拿着一只碗讨钱，这是怎样的一个女孩？或许懂事、善良、自强等词语已不足以概括，就从她在碗中摆钱的行为来看，她便远远超越了这些。也许是因为她的心中有着美丽的花，她才能把那些硬币摆放成如此鲜艳的形状。是的，和那些同龄的孩子相比，她已低到尘埃之中。可是那些最美的花，往往都是开放在尘埃里的。

这个夏日的午后，我的心被碗里那些闪光的硬币温柔地击中，将那些蒙在心上的尘埃荡起飘尽。也曾艰难过，也曾在黯淡际遇中挣扎，或许那样的时刻，我的心里有执着有坚强，可是同这个女孩相比，却少了最重要的东西。我曾抱怨过，也曾嫉妒过，更是愤恨过，世界在我的眼中，一度如此冷漠丑陋。可这个孩子，她眼中的世界是如此美好，即使在如此的生活中，她还能让心上开出花来，而不是结出老茧，真的让人惭愧不已。

感谢这个穿着带补丁衣服的女孩，那些盛开在碗里的硬币，映亮我生命中那么多阴暗的角落，更像一泓清泉，悄悄浸润，涤尽那些经年尘埃。眼中的世界一下子美丽清新起来，看着女孩渐远的背影，我才发觉，生活，竟是如此可爱！

砚　池

　　那一天下着很大的雨，我抱着一摞作业本穿过长长的走廊去办公室，数学老师并不在，只有一个年轻的男老师正在专心地写毛笔字。我把作业放在数学老师的桌上，然后悄悄走到近前去看写什么字。

　　年轻的老师刚刚写完四句："静夜四无邻，荒居旧业贫。雨中黄叶树，灯下白头人。"很美好的隶书，很美好的诗句，十五岁的我站在那儿看呆了。直到老师去蘸墨，才把我的目光和心神牵引到那一方古朴的砚台上去。砚池里半盈着墨，老师提起笔来，一滴墨落回去，微小的涟漪便漾开，然后空气中也微微流淌着浅浅淡淡的墨香。

　　对于砚台我并不陌生，虽然我刚从乡下搬进城里不久。儿时就常见爷爷对案挥毫。他的字多是楷书或行书。爷爷有一方砚台，很大，看样子很古老，身上还雕着花草和字。我和姐姐们最喜欢给爷爷研墨，在爷爷的指导下，我们才知道研墨也是很讲究的一件

215

事。滴几滴清水，将墨条与砚底细细地磨，就这样渐渐地一池墨满。写完字后，爷爷洗净砚台，再往砚池中注满清水，就那样养着砚，也养着日月流年。爷爷去世后，那方砚台就不知遗失于何处，于是在乡下我再没见到过砚台。

我盯着砚台悠然神飞，老师叫了我一声，才发现砚池已枯，司空曙的那首五律早已完成，而且还写完了另外四个大字——风雨如磐。我小心地去给老师洗砚，洗好后，又在砚池里盛满清水。老师惊讶地问我怎么懂这个，我讲了儿时的事。老师越发来了兴致，在窗外密集的雨声里，给我看他的一套篆刻作品，是刘禹锡的《陋室铭》。讲的时候，看的时候，那一池小小的水静静地清澈着，仿佛正孕育着鸟语花香。

那时起，我就有了很强烈的愿望，我小小的书桌上，若是有一方小小的砚台该多好，它一定在书纸之间占尽风情。或盈然一池墨，或悠然一池水，都会倒映着我心底所有的天光云影。有一次，从一户人家的窗前路过，无意间看到屋里的窗台上放着一方砚台，没有了盖子，落满了灰尘。砚池如枯寂的湖，盛满了空空的寂寞和遥远的墨香时光。是谁曾经持一管柔毫与它轻触，然后在古老的宣纸上流淌成山水花鸟或真草隶篆？是谁在寒冷的日子里，化一杯清水与墨相拥，然后浓烈成一个灿烂的春天？又是谁把它遗忘，让它在这个角落里孤独生尘？

失去了墨的陪伴，失去了那一双手的温度，砚台就真的空了，如一个枯萎的季节，只有记忆在尘封中疯长。

后来，我终于买了一方小砚，普普通通的石砚，每日里我的毛笔撩动着一池怡然，化作许多旧报纸上的笔笔稚嫩，就像我从青涩走向成熟的光阴。"重帘不卷留香久，古砚微凹聚墨多"，那一池浓浓淡淡的墨水里，也融进了我许多青春的心情。我喜欢着那方砚，虽然它那么便宜，可是因为相伴而价值无限。而新闻里那些拍卖百万千万的古砚，难以想象的天价，供在博古架上的珍而重之，真的可以慰藉它们千年的寂寞吗？

爷爷曾经说过，人心如砚。在数不清的岁月中，我终于明白，心如砚台，坚硬中带着细腻，就可以把那些黑暗的失意的种种，研磨成一池春水，然后在生命的宣纸上流淌成一个春暖花开。

许多年后的某一天，我梦见了爷爷的那方砚台，它盛着清水默默地站在夜里，砚池里落进了一轮鹅黄的月。

奔跑的伤

　　小时候特别喜欢和伙伴们一起玩古代战争的游戏，拿着自制的武器，满村子跑。那时每天听收音机里的评书，《三国演义》之类的，对于那些大将纵马驰骋沙场的情景神往不已。邻家倒是有一匹小白马，可是大人不让骑着玩，这让我们的"战争"少了许多乐趣。

　　有一天在我家院子里正玩着，家里的几头猪饿了，嗷嗷叫着跑出来求食。我们立刻眼前一亮，猪很大，可以骑猪打仗啊！我们曾试过骑狗，只是狗太不强壮，而且不老实，所以放弃了。于是大家纷纷扑向猪。猪远没有狗灵活，我抢到了最大的那头白猪，骑上去，它很强壮，居然驮得动我。回手一拍猪屁股，嘴里喊着"驾"，没想到猪的动作太快太灵活，一下子蹿了出去，把我甩在了地上。

　　看来古人驯烈马，我今天也得驯猪，让它服了才能乖乖认主。于是我跑过去，把猪抓住，再次骑了上去。四处一看，有的伙伴还在四处抓猪，猪们号叫着满院乱窜，有的已经骑在猪上，有的也被猪掀翻在地。一时乱哄哄的，我紧拽住猪耳朵，它受了惊一般猛跑，速度极快，吓得我伏着身子，最后还是被抛了下来。正吵闹得欢，父亲从屋里出来一声大喝，立刻，人猪皆逃。

我从地上爬起来时，伙伴们都没了影儿，猪们也大多跑了，只有一头猪似乎跑不动了，瘫在那儿哼哼着。父亲走到近前，轻踢了那头猪两脚，它只是屁股坐在地上，两条前腿立起，用力向前拖着后半个身子走。这头猪看来是"掉腰子"了，也就是胯部或者腰部关节脱臼，我一时有些害怕，知道闯了祸。想偷偷溜走，却发现伙伴们都在墙头外探头探脑地看着。

父亲拿起一个鞭子，我吓了一跳，伙伴们也都把头瞬间缩了回去。只是父亲并没有走向我，而是拿着鞭子直奔那头猪，用力抽在它身上。我惊呆了，伙伴们也在墙头上睁大了眼睛。父亲用力地抽着，猪惨叫着，用力向前爬，随着一鞭一鞭地落下，它也越爬越快。父亲撵着它打，它两条前腿用力跑，后腿也拼命蹬着，跑着跑着，它忽然就站了起来，很快跑没影儿了。

然后，父亲告诉我们，猪掉了腰子，就得强迫它用力跑，它的力气用到极限，跑到一定速度，它的关节便一下子归位了。而靠人力推拿，太费劲儿，而且还不一定弄得好。这是祖辈流传下来的办法，非常实用有效。我们听得新奇，伙伴们也都不知不觉重又回到了院子里。

后来在世事的风尘里辗转，也曾经历了太多挫折，受过太多伤。那是多少安慰也治愈不了的。只能逼着自己不停地向前奔走，因为越是停下来，越是闲下来，就会越痛。就这样不停地走，走着走着，伤就好了。所以不能自怨自艾，更不能自暴自弃，要强迫自己，要对自己残忍一些，因为只有梦想才会让我们忘了痛苦。只有长路才能治愈我们的悲伤。

最好的朋友，曾经当过多年的猎人，他经常给我讲山林里的事情，那是一个我不曾了解的神奇世界，常常让我神游其中，流连忘返。有一次他说了一件奇事，他们曾多次捕捉到小野猪，他发现小野猪的屁股上密布着疤痕。他感到很好奇，就想弄明白这些疤痕到底是怎么来的。我听了也是猜测不出，在成年野猪们的保护之下，小野猪怎么还会受伤呢？

他留意观察，终于找到了答案。野猪群经常在山里奔跑，或为了觅食生存，或为了躲避危险。小野猪便在野猪群里跟着一起跑，它们太小，经常会跌倒，会跟不上，会停下。可是大野猪丝毫不娇惯它们，每当它们停下，公野猪就用尖尖的獠牙挑它们的屁股。逼迫它们继续奔跑。就是这样，小野猪在不断地受伤中努力奔跑，终于奔跑成体质强健的大野猪。

或许，这才是一种真正的爱吧，在我们的成长和生活中。有谁没有受过伤呢？很多时候，被迫也好，挣扎也好，正是伤痛给了我们力量，使得我们在长长的路上一直走下去，走到伤愈，走到疤痕成了花朵，走到只属于我们自己的远方。

遗失在草丛里的弹珠

一直记得那件事。

十二岁的我兴冲冲地走向村外，手里紧紧攥着一个玻璃弹珠。去镇上姑姑家，表弟送给我十几颗玻璃球，其中有一颗特别漂亮，里面不是那种普通的带颜色的花瓣，而是五颜六色不规则的形状，在阳光下五彩缤纷。很是爱不释手，不管走到哪里，我都会拿着它，生怕放在家里丢了。

村外有一个大土坡，坡很陡，坡顶是一片小树林，下面是茂盛的草地，不远处是那条唱着歌的小河。这里是我的乐园，不和伙伴们一起的时候，我就经常来这儿，寻找着一些只属于一个人的乐趣。我摆弄着那颗玻璃球，表面极为光滑，没有一点儿破损，因为和伙伴们玩弹珠的时候，我从不舍得用它。我一会儿把它举在阳光下，看那五彩的光团落在胳膊上，落在草叶上，落在地上；一会儿又轻轻抛起再接住，或者把它紧贴在眼睛上，透过它去看变了形的世界。

不知是在哪一次，忽然就萌生了一个想法。这个我极其喜欢

221

的玻璃球，如果丢了，再找回来，会是什么样的感觉？于是，我就闭上眼睛，背对着土坡，把心爱的玻璃球向后扔出去。听见轻微落地的声音，我立刻睁眼转身，在那一小片草地里寻找。心里有着一种慌张和急切，当终于看到它的身影，心里升腾着巨大的喜悦，那种失而复得的感受，真是太难忘太让我留恋了。于是，每一次去那里，我都要做这个游戏，一次比一次抛得远，每一次的寻找，都充满着希望和幸福。

这一次，我依然是在把玩了很久之后，像以往一样向身后用力一抛。我在草丛里仔细地翻找，心里并没有第一次时那种紧张感，也许是因为每一次都能找到。结果，这一片草地被我找遍了，依然不见踪影。便有些急了，细细地又搜寻了一遍，还是没有。我就慌了起来，急急地在更远的地方找，可是玻璃球却像是凭空消失了。我停了下来，定了定心神，来到刚才站着的位置，拿了一个小土块儿，用了相同力气抛，看看大概落在什么位置。然后我就重点在那个范围内寻找，只是一直到了天快黑了，还是没找到。终于，我迈着沉重的脚步回家了，心里满满的失落。

那以后一连好些天，我都去那里找，每一个草叶，每一寸土地，都被我的目光和手筛了无数遍，可我那心爱的玻璃球，却不知逃去了哪一个空间。秋深的时候，草都干枯了，我还去过一次。最后，终于绝望了，后悔不迭。

有时候，一些遗失并不是因为无心，而是有意，并不是因为不热爱了，而是太过于热爱。在成长过后的许许多多岁月里，很多东西都是这样丢失的，也终于明白，不可能一直那么幸运下去，不可能一直体会失而复得的快感。随着时光的苍老，也渐渐地懂得，那种游戏般的故意的失去和得到，并不是真正的快乐，无意中丢失的，在某一天忽然又找回，才是最大的幸福。

就如梦想一般，起初的时候，是那样地热爱，那样地痴心，走着走着，在一些岔路口，我们便故意选择了别的方向。其实并不是什么迫不得已，也并不是因为梦想不再有吸引力，而是会觉得另一条路更好走。我们总是选择容易走的那条路，而不是选择想走的那条路。我们故意丢了梦想，并不像我童年的游戏般，想着再次找回。可是，当在所选择的那条路上走累了，有时会怀念，甚至会回过头来重新去寻找遗失在路口的梦想。就这样一次又一次，终于有一天，回到曾经的地方，却再也找不到曾经的梦想。

游戏的次数多了，梦想也厌倦了我们，它最终把我们抛弃了。就像童年的那颗玻璃球，在我一次又一次地丢出之后，便再也找不回来了。

离乡二十年后的一个夏天，回到故乡的村庄去办事，在那个酷似从前的午后，我一个人走向村外，一切都是那么熟悉，一切都没有改变。站在我曾经的乐园里，那些草还在恣意地生长着，就如昨日。只是，昨日的少年已不再，只有染了风霜的我站在曾经的地方，心里重叠着太多的岁月。经历了人生的许多宠辱之后，回想童年时的得失，才觉得那竟是生命中最大的眷恋。

我蹲下来，像当年那个惶急的小小少年般，在每一丛草之间寻找。真的就和预料的一样，我竟然找到了！仿佛是冥冥中的一种指引，我在草地边缘轻轻挖了几下，圆圆的玻璃球就如宿命一般出现在我的眼前。二十年的风霜雨雪，二十年的风尘漫漶，并没有让它化土成尘。我在小河里洗净了它，它依然毫无破损，依然在阳光下闪烁着五彩的光。这一刻，我终于知道，什么是真正的失而复得。

把这颗二十年前的玻璃球捧在掌心，带着岁月的沉重，也带着最初梦想的莹然，心上的尘埃飞尽，眼泪淌下来，像身畔这条清清的河。

开在手上的花

　　十四岁的意儿又一次问我，最喜欢她什么。我说喜欢她的手，她便笑，说许多人喜欢她的手。

　　意儿的手指很纤长，而且灵巧无比，能做出各种复杂的动作。有时，她会在阳光下，手上动作不停变换，于是地上影子便灵动起来，许多小动物的形象就活了起来。不过她却没有去学弹钢琴什么的，总有人会说，真是可惜了这样一双手。她却丝毫不在意，说不喜欢，也学不了，还说她的手有更重要的作用。

　　意儿对于自己的手是极爱护的，有一次在学校里上体育课，跑步，由于跑得过急，她一下子摔在地上。本来，她可以在倒下的瞬间用手支撑一下地面，可她却把两手背在后面，导致脸蹭破了一小块儿。别人问她，她笑着："毁了容也不能伤了手！"

　　夏天的时候，有外国友人来学校参观，正巧来到了意儿所在的班级，校领导和老师都陪同着。一个外国友人一眼看到了意儿，便想让意儿回答几个问题。老师忙上前，想说明一下情况。意儿却已经站了起来，两只手在胸前舞动如花。看着意儿熟练的手语，那个外国友人竟也同样做起了手语。然后，他对大家说："她的手语很棒，就像手在跳舞！"

作为一个聋哑孩子，意儿的手就是她的嘴巴，就是她的声音。初识她的时候，我就觉得她的手语美极了，就像美丽的花儿在风中不断变换着身姿。这样的一双手，当然要好好保护。她说："要是我的手出了什么问题，那可惨了，我和爸爸妈妈都没法交流了，多可怜！"

每逢周末，意儿都会去福利院，去找一位老奶奶。那个老奶奶也是聋哑人，几乎没人和她交流，她也没有亲人，每一天都很寂寞孤独。自从有了意儿，她就像变了个人，每个周末也成了她期盼着的节日。不管雨雪，意儿都坚持在周末去看望老人，陪老人一小天，然后在老人的笑容里，走上回家的路。

我对意儿说："你的手语是我见过最美的，就像……就像开在手上的花儿一样！"

意儿却用手语说："我的手语虽然美，但不是最美的，我老师的手语才是最美的！"

意儿刚上学的时候，很是艰难。虽然父母也教她认识了不少字，可是她毕竟听不见老师讲课。每日里只是怔怔地坐在那里，看老师在黑板前不停地讲着，于她却是无声的世界。后来有一天，放学后，老师把她叫到办公室，竟然用手语把全天的课程又讲了一遍。那一刻，意儿哭了。原来，这许多日子，老师都在学习手语。那以后每天下课后和午间休息时，还有下午放学后，老师都要单独给她讲课。

意儿说："有一次，我生病，本来请了一天假。后来感觉好些，便去上学。没进教室门，我便透过窗户看见，老师正站在讲台上，教同学们一些简单的手语！我知道，她是想让同学们和我多一些交流……"

一个春天的午后，我和意儿站在郊外的草地上，花红树绿，风清云白，她便面对着广阔的天地，做了"我爱你"的手语。她热爱这片天地，热爱生活，她的手语使所有的春花都更加美丽。

看着这个小小的女孩，心里仿佛被清泉浸润，濡湿无比。是的，我也爱这个世界，爱生活。

脚会记得路的暖

路是足迹的重叠，承载着太多足底与地面的相聚分离；路也是脚步的摇篮，飘摇间将我们送上未知的归宿。

也曾回想近四十年的光阴历程，想找出走过最艰难的路是何时何境。便记起，二十多岁的时候，有一年秋天，兴之所至，去拜访一个老同学。他住在离我的城市很远的一个村子，下了车，还有二十里的土路。天已渐暗，四周都是庄稼地，路渐渐隐没在夜色中。忽然下起了雨，身上湿透，也没有行人，仿佛长路之上，只有风雨跟着我的脚步一同起落。

后来走进一大片荒甸，高高的茂草，路更是不见。便向着一个认为正确的方向走，于是踏进了一片沼泽地。雨越发大了，雷声滚滚，闪电偶尔划破夜空，转瞬即逝。只觉脚下全是泥水，有时一步迈出，便没了膝，费力将鞋从泥中拔出，接着便是下一步的深陷。

多年以后回想那个雷雨的秋夜，早没有了当初的艰难，却有着一种很暖的意境。觉得走过那样一段泥泞，却在心里留下了深深的脚印，甚至会清晰地记得，当脚深陷进沼泽里时，那些泥的柔软。一如书中所说，人生有许多事情，正如船后的波纹，总要过后才觉得美。路也是如此，不管多崎岖坎坷，走过后回望，却是苍翠欲滴，神思无限。

就像那许多艰难的日子，深一脚浅一脚地走，身处其中彷徨痛苦，过后回忆，却觉得亲切无比，仿佛是一种幸福。一颗有希望的心，会记得每一个日子的美好，不管是明媚还是黯淡；而奔走的脚步，也会记得每一条路的温暖，不管是坦途还是曲折。

忽然想起一个一面之缘的人。那是在黑龙江边与他邂逅，他从远处走过来，背着巨大的旅行背包，手里还挂着一根木棍。走近了看，竟分辨不出多大年龄，长发凌乱，长须如杂草，身上满是风尘。见我坐在岸边，他便拿出相机给我拍了张照。然后在我身边坐下，点燃我递过去的烟，便老熟人般闲聊起来。眼前这人，竟比我还小上好几岁，他热爱徒步走全国，家在辽宁，这次是他徒步走黑龙江流域，从东至西。

也许是久未与人说话的缘故，他和我竟畅谈了近两个小时，八月的阳光照着眼前的一江流水，我仿佛看到了他一路风尘，走过那许多的无人区，那许多的艰险之地。问他怎么忍受长时间的疲累，怎么看那些危机四伏的地方，特别是，怎样排遣那份难挨的寂寞，他却笑，说，如果说什么理想梦想的，太虚了，反正我就是想走，怎么说呢？如果有一段时间不出去走走，就觉得两脚都痒，就想踏上那一片片土地。

在他的心里，在他的旅途中，没有寂寞，虽然有时好多天也见不到一个人影，他却可以自己对着空荡荡的天地说话，或者在本子上记下沿途所见所想。和他告别后，看他的身影消失在大江的遥远处，却仿佛听见他的足音响在我心里。我知道，他走过那么多的路，也许那些路不会记得他的身影，可他的脚步却会一直记得每一条路的触摸。

刚大学毕业的时候，辗转不定。那时和一个人合租一所房子，那是个很开朗的小伙子，却是残疾，只有一条腿。他拄着双拐却走得极快，他也是奔走着四处找工作，虽然一再被人婉拒，却一直没有放弃希望。他这样解释自己走得快的原因：两只脚的力量，现在都用在一只脚上了，不快都不行。由于有拐杖的支撑，他的每一步都跨度极大，他就这样，曾经一步步从省城的学校，走回自己的乡下老家，走走停停，用了一周的时间。

难以想象，那么远的路，他是怎样跨越那许多的艰难，一如他在生活中，走过那许多难以想象的艰辛。可是大风吹不散笑容，他依然信心满满。我离开那个城市的时候，他也正离开，他去了一个偏远的山里小镇当老师。听说，他当初就在那里当过老师，而那条腿，也是在教室倒塌的时候，砸断的。

后来，好几年过去，他给我发邮件，说他过得很幸福。因为他一直觉得那条失去的腿在呼唤他，所以他回到了那里。他还说，他一直走得那么快，是因为那条看不见的腿一直都在向前走，他剩下的这条腿只好大步跟上。说起曾经走过的路，他很是感慨，一只脚承受的更多，也和大地接触得更有力。所以，他的足音才会更响亮。

一路的足音敲响着如歌的行板，深深浅浅的脚窝里盛满着盈盈的眷恋。想想走过的空间和时间，脚印也许早湮没在风尘里，身影也消散于时间的流逝中，可是，那些过往，总会在忆起时漾满了穿透沧桑的暖意。所以，珍视着脚下的路，珍藏着脚板与大地接触时的每一份细微的感触，就算一路坦途健步如飞，惊起的尘埃也带着细细的芬芳；哪怕荆棘遍地碎石如刃，划破了脚磨起了泡，每一滴血里也藏着梦想的温度。

所以，不管走得快与慢，不管走得顺与逆，那些路，只要我们的脚曾走过，就会温暖一方情境。那种暖，是希望的燃烧，是梦想的绽放，也是回忆的无悔，更是生命的芬芳。不管多长的路，只要珍惜过每一步的前行，那么，我们的脚就会永远记得那份暖，我们的心就会永远充盈着感动与力量。

为者常成，行者常至

几年前，闲看《晏子春秋》时，看到"为者常成，行者常至"这八个字，很是不以为然。觉得许多所谓的名言警句，太过于绝对，为了给人一种鼓舞，而忽略了许多东西。为者常成，做就能成功吗？不需要方法吗？走就能到达吗？如果错了方向呢？而且，"常成"与"常至"，其实也非常态。虽然有人会举出很多例子来说明，其实，同样做一件事，同样向着一个目标出发，十个里有一个能成功的，都是罕见。

这不是抬杠，也不是鸡蛋里挑骨头。也许，对于未受过挫折，还满心豪情的年轻人来说，这是金科玉律般的信条。而对于那些走过半生，却依然平凡平淡的人来说，便只会一笑而过了。回想我这许多年，所为所行也很多，而成者至者，却是寥寥。我知道有人会说，那是因为你没有一直为下去行下去，坚持，就能成功。可是，我自己那么多经历，已然让我明白，太多的事，并不是坚持就能成。我不知道，明知不能成还要坚持一辈子而无结果，是一种骄傲还是一种悲哀。

年轻时有一段时间是那么热爱下象棋，并为此付出了很多努力与心血，也因此取得了一些成绩。只是后来终于在生活的拥塞中，把象棋挤出了我的生命。这也许是我很少后悔的事情之一，我承认，这个没有坚持下来，是一种遗憾。而且，人们总是觉得，所为的事，所行的路，必是那种"高大上"的，至少也是能取名与利之一种，或者是那些有着实际作用的。下象棋这样的事，似乎哪一条都不占，我放弃或坚持，人们不会注意也不会在意。也许就是在这样的情况下，我把它弄丢了。

为稻粱谋，是生存的基础，所以对于工作来说，可能有些人是不热爱的，却是干到了退休。所以工作方面，许多人在为与行，也最终成与至，并不能说是被迫的，但也是随波逐流的。因此，更多的时候，我们说所为的事，所走的路，或者是说和梦想有关的，往往是工作以外的东西。也就是说，真正的生活是工作之余的，工作虽然占了大多的时间，却是为了生存。当然，你热爱的钟爱的工作除外。

我工作之余，是有着自己的热爱的，那便是写作。写作，其实并不单指一种写的状态，还包括平时的观察、倾听与思考。所以，写作也就渗透到了工作之中，工作并不影响头脑中的构思，并不影响收集素材。这样一来，生活与生存便有了交集。后来，我终于辞去了工作，恢复了自由，靠写作也能生存了，至此，生活与生存水乳交融。

　　当我不再在意一些名言警句的时候，却反而对其有了不同的感受。比如再看这句"为者常成，行者常至"，便觉得其中的"成"与"至"似乎另含深意。重新梳理那些过往，发现，虽然诸事未成，但是于那些半途而废的种种之中，却也明白了许多东西；而在曾经走过的那么多歧路上，却也领略到了不一样的风景，有时甚至会阴差阳错地抵达不曾预料的美好之境。这也应该是一种"成"与"至"吧，虽然与所为所行的初衷不同，但毕竟也是收获。如此，放弃的、失败的、错过的，也都有了意义。

　　一直做，别有所得是有可能；一直走，曲径通幽也说不定。

　　梦想肯定是与热爱有关，我的梦与爱，便是写作。在这件事上，在这条路上，我想我会一直坚持下去，只为本心，不论悲喜。而且，就算垂老而无成，就算将死而不至，我也会有着满足与欣喜，那种坚持，也会成为我一辈子的骄傲。

我在怕什么？

有时候，会涌起莫名的恐惧。不像那种可以预知后果的恐惧，就是怕也怕得明白清楚。因为后果已经在那里了，只是怀着一颗害怕的心去靠近而已，不管愿不愿意，总是改变不了。伸头一刀，缩头也是一刀，于是那种恐惧也就在这种反复的折磨中麻木了，或者说是认命了。

而那种对未知的恐惧，却是不能预知后果的，所以那种恐惧一直伴随着，直到尘埃落定的那一天。即使是心一横对自己说，怕什么，不管怎样我都认了，也不过是一时的勇气。仿佛时间会把那种恐惧无限拉长，拴住一颗心使其日夜不安。

但对未知的恐惧往往也会来得快去得快，依然是上学的时候，有一次和宿舍的哥们儿就说起毕业以后的事，想着走上社会，面临残酷的竞争，就觉得不寒而栗。又进一步想到，以后父母年龄渐大，自己上有老下有小的时候，压力会多么大。进而想到有一天，自己也会老去，便觉得有冷汗涌出。像这种恐惧，都是偶尔涌起来的，会很快就被生活淹没了。

可是，像我最开始说的，那种莫名的恐惧，却又是另一种状态。不是对未知的恐惧，就是莫名其妙地，忽然在某个时刻，受到什么触动，于是心也跟着悸动起来。或者再玄妙一点儿，比如我走进某处，忽然觉得这个地方有些熟悉，但以前绝没有来过，然后就会有一种淡淡的恐惧，却又辨不明这种恐惧具体来自什么。

就像很多人都坚信世界上没有鬼神，白天的时候，当着面讲最恐怖的鬼故事，也不会觉得害怕。可是到了夜里呢？再有人在耳边讲鬼故事呢？即使依然坚信世上没有鬼神，可是，那种恐惧却依然会不约自来。或者，在平时的某些瞬间，毫无来由地忽然就毛骨悚然。这是为什么呢？似乎那种恐惧是与生俱来的。而人们总说"举头三尺有神明"，说"人在做，天在看"，等等，这也是心存一种恐惧，可这种恐惧已经升华为一种敬畏，与鬼神存不存在已经没有了关系。人有敬畏之心，处世才有方圆，做人才有底线。

总是在某个时刻，会回望来路，却发现，虽然走过那么多的岁月，经历那么多的事，有过那么多变迁，而此刻，我却用一秒钟就想完了这半生。不禁有些惊惧，似乎这长长的半生没有留下一个脚印，又似乎是自己所有的足迹把时光践踏得一片荒芜和荒凉。是不是这一生都会如此迅疾而无奈？

也许，每个人的生命中，那种最长久的恐惧，就是害怕有一天父母会老去，害怕有一天父母会和我们永远地告别。这种最深的恐惧，也是最深的爱与牵挂。

第六章　梦里江南

梦里江南

　　此生从未去过江南，徘徊于白山黑水之间，那一片烟柳繁华时常摇曳在梦中。看惯了浩荡金风中起舞的白桦林，看惯了莽无边际的林海雪原，在天苍地茫之中，心里就下起了杏花春雨，笼罩了古诗中的四百八十寺。

　　仿佛展开了一轴画卷，十里莺啼，水村山郭，缓缓绘成了梦里清丽温婉的背景。没有寒冷，没有冰封雪盖，有的只是杨柳微风，杏花红雨，有的好似永远是人间最美的四月天。将脚步放逐于幽深的雨巷，让心轻轻地承载馨香的怅惘。在那样的情景之中，哀愁也变得美丽起来。

　　江南的女子，该都是亭亭玉立，浅笑低回，驾一叶兰舟，轻舒皓腕，采一朵火红的莲，于时光深处悠悠而来。或人面桃花，倚墙嗅青梅；或秋千院落，裙裾飞扬；或蹙眉深坐，挑尽残灯。千般情态，万种风情，那张微笑的脸，从婉约的宋词深处慢慢地漾上来，直印进我向往的心里。

江南的男儿，该都是满腹才华，风流倜傥，轻摇纸扇，漫步于薄雾轻笼的郊外，或思饮遇艳，或提酒携樽，或登楼作赋，把一片情怀挥洒于山水之中。他们的诗词歌赋，让江南的历史承载了太多眷眷的深情。让远在天涯的我，于书卷的清芬中神飞千里。

江南的才子佳人，男儿的才思，女子的多情，相遇后便演绎出许多的故事。于是便有了男儿的铭心之思，女子的无边清怨。有些故事，历尽千年，早已成为后人口口相传的传奇，成为一份直指人心的美丽。

其实，更吸引我的，是江南的历史底蕴。无数次的兴衰更替，造就了沧桑的厚重。江南的风物，吸引了无数统治者的心，他们一心想占领江南。江南，在他们的梦里，是一个欲望。柳永的"三秋桂子，十里荷花"，曾引得金主完颜亮亲临江南，在西湖之上，饱览江南名胜之后，慨然写下："万里车书一混同，江南岂有别疆封？提兵百万西湖上，立马吴山第一峰。"由此可见其志。

有春风十里，珠帘漫卷，也有故垒萧萧，山枕寒流。无边风月，映衬着沧桑之美。这就是江南，水蕴灵性，山藏厚重，人拥至爱。这样的江南，怎能不成为千百年来人们的向往之地？

我梦里的江南，如一朵洁白的莲在缓缓绽放。

十月思乡

　　整理旧物，翻出一封三十多年前的信，是当年一个亲戚写来的，信封上收信人的地址是：黑龙江省呼兰县沈家镇大罗村。十三个字牵扯着我的目光，拥着我的心，再一次感受到了时间的飞逝与空间的辽远，感受到一种无法弥补的苍凉。窗外，十月的阳光淡淡地洒落，乡愁氤氲在漫漶的岁月里。

　　当我走进村中央最大的那个叫学校的院子，当我在本子上一笔一画地写下"大罗小学"，那种乡愁就已经如种子深埋了。我的村庄叫大罗，也叫大罗山，更早的时候叫大龙山。我曾在无数的文章里，一点一滴地收集着那个村庄里琐碎情节的细节。记忆如微尘飞舞，每一粒都找不到故乡。

　　三十三年前的那个春天，离开村庄后，只回去过三次，而最后一次距今也有二十多年了。故乡在不断的回望中，越来越美好，圣洁遥远成心底不可碰触的柔软。曾经的村庄，永远都回不去了，那些檐月庭风，那些挂在树上的鸟鸣，那条闪亮的河，那些布满牛羊蹄痕的土路，无边的大草甸，遍地的庄稼，朴素的笑脸，亲切的乡音，我的心流连在过去的村庄里，一生也无法走出。

十多年前，呼兰的一个好友，他的妻子是我们大罗山的人，有一次他去岳父家，拍了一些照片发给我。那时的村庄还没有太大的变化，他还特意去我家原来的老宅前后拍了几张，依然是老房子，只不过换了瓦顶，不再是熟悉的草房。我曾念念的南园，在初春的寒风里破败无比，园墙也倾圮了，如坍塌的时光，寂寞着一地的废墟。

巨大的亲切感紧拥着我，鸡栖过的窗台，花狗卧过的门后，还藏着神秘的仓房，看着照片里的家园，仿佛我还是那个小小的少年，房子里依然是年轻的家人，每一个笑都落地生根，没有离散，没有变迁。

二十多年来，并不是不想回去，也不是不能回去，只是，我怯怯的心总是牵绊着脚步。开始的时候，我怕我沧桑的目光会惊飞那些憩息着的回忆，怕故土的亲切会唤醒无尽的泪水；后来，我怕村庄的改变会让我失落，我怕我那么长那么久的思念，找不到一个安放地。一直以来，我都觉得，故乡，一旦离开，就永远也回不去了，即使归来，也不再是心中的那个故乡。

我宁可在心底重回，一遍遍，一年年，也不愿意去面对那种熟悉的陌生。物是人非也好，人物皆非也好，其实，在时光之后，我和故乡都已面目全非。我不知道那样的重逢，会有着怎样入骨的凄凉。

前些天，"十一"期间，二表哥回到故乡的村庄，发了一些视频和照片，我在那些陌生的场景中，努力去寻找一些熟悉的痕迹。我发现，那种亲切感终生存在，即使我再也不能拾起曾经的脚印，再也不能看到熟悉的草房土墙，再也没有了无边的大草甸，也消失了村西的小水库，可故土永远都在那里，它无言地记得一切，总是于沉默中，让我的泪水纷纷启程。

故乡的村庄，真的是变化很大，不变的，只有大地上的风和十月的阳光。本来有那么多思念与赞美的话，可是面对那些场景，竟只是无言，如沉默的大地。我愿意我的村庄越来越好，我愿意那种幸福逐日而新，我愿意把我所有的情怀都融进故乡的冬去春来。

只是我的心底，依然住着曾经的家园。离开的，才叫故乡；相守的，才是家园。所以，那些遥远的朴素时光，那些时光里回不去的村庄，永远是我生命中的最美。

黏着泥土的乡音

　　村庄上空的炊烟已被东边升起的太阳驱散，家家户户响起开门的声音。父亲和母亲扛着锄头，我跟在后面，还没出村，就遇见了好几拨人。

　　"也去铲地？"

　　"是啊！你家的地今年怎么样？"

　　"还凑合，草比往年长得快，得多铲两次。"

　　或者："回来了？出去那么早？"

　　"今天很热，早点铲完，省得晒得慌！"

　　"还没吃吧？"

　　"回去就吃！"

　　在此起彼伏的鸡鸣犬吠声中，永远不变的那些对话，似乎一层层地积在土路上，带着阳光的温度。一年一年，一辈一辈，朴素而温暖的乡里之情沉淀成再寻常不过的话语。就像无边的黑土地，单调成世世代代的眷恋与相依。

243

长长的夏日，躲在屋里的清凉之中，院子里的禽畜也各寻阴凉之所，都昏昏欲睡。村庄在寂静里沉默着，只有偶尔路过的风，把一树的叶子撞得哗啦啦地响。这时，就有吆喝声远远地传来，那声音被阳光烫过后，带着一丝慵懒。渐渐地近了，或者是"卖冰棍喽"，或者是"换鸡蛋啦"，或者是"收鸡毛鹅毛"，然后便听到有人家的门开了，接着就是讨价还价的声音。

快要吃饭的时候，村庄里又热闹起来，我们这些小孩子不怕热，在外面疯玩儿，总是忘了回家。于是满耳朵长一声短一声的呼唤，都是从一些人家的院子里传出来的。

"小二，吃饭啦！"

"三儿，快回家！"

"铁蛋儿——"

"二眨子——"

"丫崽子——"

各种各样土得不能再土的小名满村回荡，我们各自分辨，一哄而散。多年以后，当年的孩子大多已辗转四方，长大成人，在他们的心里，也应该和我一样，多想再听到家人呼唤自己的小名，多想再回到曾经的夏天。

晚饭过后。太阳已经落到西边的林子后面，村中间的老井旁边便热闹起来。人们叼着烟袋，手里拿着一把破蒲扇或者一片阔大的向日葵叶子，渐渐地聚拢过来。老井周围的人一般分成好几伙，老年人一伙，中年人一伙，再就是女人一伙，有时候小孩子们也凑成一伙在那儿争吵。老人们说的都是陈年旧事，黑土地上一辈辈流传下来的闲话，或者是自己曾经的一些经历，比如："那年，我去下甸子买毛驴，喝了一斤酒，牵着毛驴回来天都黑透了……"中年人的话题就更多了，争着讲自己在外面的遭遇，或是去了哪儿，或是遇见了什么事。而女人们则是家长里短猪肥狗瘦之类的。年轻人一般不在这儿凑热闹，他们提着录音机不知跑到哪儿玩去了。

星星、月亮越来越亮的时候，人们才打着呵欠，扑打着蚊子，各回各家。第二天早晨，又重复着前一天的内容。如果是阴天，路上遇见人，对话便有了稍许不同。

"上地里？你家的地快铲完了吧？"

"差不多了。今天说是有雨，得抓紧干！"

"是有雨，出门前盖酱缸了吗？"

"盖了！"

白天的时候，任何一个人走在村里，遇见人，都会问："吃了吗？干啥去？"

回答也是各种各样，却都离不开身边的生活。

"我家那头猪又跑了，我去找找！"

"我家小二让老李家的狗咬了，我去老李家剪点狗毛！"

"上他老姨家借几个鞋样子！"

"三儿有点发烧，去周大夫那儿要点药！"

秋天到了。村庄更是热闹了许多，表舅赶着马车给我家拉玉米棒子，我们坐在车上玉米棒子堆里，马车颠簸着，把我们的笑都颠得洒了一路。遇见别的拉粮食的马车，车把式甩着响亮的鞭哨互相致意，家人便和别人短暂地交流起来：

"你家的苞米今年收成不错！"

"还凑合！你今年种黄豆是赶上好时候了！"

马蹄声里一路欢笑，守着土地的人，在丰收的时候，有着挡不住的幸福。

每一年都是这样度过，似乎永远都不会改变，却不知在哪一年，一切都已变得不再熟悉。就连那些话语，也不再有。这两年也曾回故乡的村庄，只是再没有了曾经的热闹，在告别了牛马之后，在告别了镰刀、锄头之后，在告别了老井之后，人们在机械化中变得清闲起来，然后走向了城里。村庄里，人那么少，那么少，虽然还有鸡鸣犬吠之声，却透着几分荒凉。

俱往矣，不闻爷娘唤女声，身前身后都是寂寞的陷阱。而往事，却如飞鸟般乱撞，撞得心里生生地疼。

在黄昏的村头，我看见一个很老很老的老人，倚杖而立，身旁趴着一只同样很老很老的狗，他的目光抚过将暮的大地，除了很远很远的夕阳，没人知道，他在眷恋着什么，回忆着什么。

一片雪花里的故乡

　　只要有雪的地方，我都能从每一片雪花里看到故乡。

　　每一年，故乡都被雪拥抱四五个月，故乡在雪的怀里，我在故乡的怀里，很温暖地度过冬天。那个东北大平原上的小小村庄，是长在松花江畔的一棵树，也是洒在我心里的一抹暖。那时候极喜欢冬天，那时的冬天也比现在寒冷，可是在那冰天雪地里，却有着无穷的乐趣。

　　我们常常在野外，循着雪地上不知名的细碎足痕，去追寻未知的动物。无边无际的大草甸上，无边无际的雪原中，我们杂乱的脚印伸向各个方向，虽然从未找到过一只动物，却是乐此不疲。有时会在大雪飘飞的时候，遇见那些在河面上江面上打鱼的人，看他们用沉重的冰镩子凿开厚厚的冰层，看那冰下的流水清凌而静默，看那些捕捞上的鱼儿被冻结了的姿态，便觉得冬天是那样神奇。

　　更多的时候，我们带上铁锹、扫帚和自制的滑冰鞋或者爬犁，去村西的小湖面上，扫开积雪，尽情地滑冰；或者在厚厚的雪地上，摔跤打闹。现在想来，离开后的无数个寒假，都没有那时无忧而欢乐。

我们常常是呼啸而过，在呼啸的北风中，带起周围雪花旋舞。那时的天气真的很冷，我们戴着古老的狗皮棉帽，厚厚的自制手套，穿着大棉鞋，仿佛浑然不觉严冬腊月的难挨。是的，那时候，我们的心里是那样火热，多年以后方才明白，成长之后的世事风霜，才是生命中最寒冷的际遇。

在外面疯玩儿之后，我们才散去，走进村庄，就像一片片雪花扑进大地的怀抱。一进房门，热气扑面而来，屋里中间的火炉正旺旺地燃着，炉中的火焰欢快地舐着铁炉盖。关上门，冬天被挡在外面，雪花纷纷拥挤在窗玻璃上。在炉边烤一会儿火，顺便在滚烫的炉盖上烙些土豆片，熟了后拿着坐在热热的炕头上，一边吃一边看外面的雪下得冒了烟。窗玻璃上还没有结上霜花，透过纷飞的大雪，看见远处的房屋全都笼罩在白茫茫中。

这个时候，除了我们小孩子，除了那些依然在寒冷中干活的人，大多数人都躲在家里，坐在炕头上看纸牌，或者衔着长长的烟袋凑在一块儿聊天，在我们那里，称为"猫冬"。我们肯定是"猫"不住的，不如说躲，更愿意躲进一片雪花的深处，寻找无边的童趣。我们已经不屑于堆雪人，那是更小的孩子的爱好，我们会拿上小铲子来到野外。在那些风口处，厚厚的雪被吹成了硬硬的雪壳，我们在雪壳上开始挖洞，挖到深处向里再挖。躲在里面，避风且不那么冷。那是躲进寒冷中的温暖，很奇妙的感受。

后来，我们和姐姐说这事，姐姐就来了灵感，画了一幅画。那幅画在作业本背面的画，那么多年过去，我们竟然都还记得。画面是一片大大的雪花，雪花下面是一个小小的雪的山坡，坡上有个洞，里面几个小孩。画的名字是"雪花里的家乡"。雪花里的家乡，雪花里的家，当年的雪花早已消融，就像那些岁月般散去无痕，可是在我心上，在我生命里，那雪花，那岁月，那情感，都在，一直在。

当我离开家乡，当身前身后都是岁月的苍凉，才发现，当年的雪花是那样温暖，蕴含着故乡的深情，让我在长长的路上每一回首，便神飞无限。

我唱着妈妈唱过的歌谣

　　妈妈是不会唱歌的，可是，在我的记忆之中，妈妈的歌声曾多次在耳边响起。那是儿时蒙眬欲睡的时刻，轻柔的歌声仿佛一只最舒适的摇篮，轻轻地荡漾着我纯真的美梦。

　　那是流传最久远的一首歌谣吧，千百年来不知在多少人的童年唱响过。在那些淡如远山的记忆里，唯有这歌谣如清风拂过，温柔无比。那时的妈妈是年轻而忙碌的，劳累了一天，还要轻哼着歌哄我入睡。奔跑的年龄，行走的风景，慢慢成长之后，告别了妈妈的怀抱，也告别了那美丽的歌谣。以至于很久以后，我竟记不起妈妈曾经会唱歌。

　　许多年以后的一个夏日午后，我独自睡在一个陌生城市的房子里，忽然就梦见了童年的时光，听到了那熟悉的声音。仿佛岁月流转，一切都真实得历历在目，在妈妈怀里的日子，是我一生中睡得最甜美的日子。忽然之间，人醒梦散，我茫然四顾，心里恐慌至极，就像仍幼小如初，睡醒后不见妈妈的身影。有一种想哭的冲动，千里万里之外，我的妈妈已经垂垂老矣。

往事如烟易散，可是一个情景却漫上心头。在那个时候，也是一个夏天，妈妈和爸爸刚刚吵过一架，我吓得大哭。现在想来，那是有记忆以来哭得最厉害的一次。午后，妈妈抱着我，我却哭得无法入眠。于是妈妈又唱起了歌谣，那样的时刻，妈妈的眼中也是含着泪的。歌儿一遍遍地轻唱，恐惧的心慢慢平复。

后来成家，有了自己的孩子。有一次妻不在，我抱着年幼的女儿哄她入睡。不自觉就哼起了那首歌谣，在轻柔的歌声里，女儿闭上了眼睛，嘴角带着一丝笑意。那一刻心中竟是无比的幸福，浑然忘了累得酸疼的胳膊。忽然就明白了当年妈妈的心情，时隔三十余年，我唱着妈妈当年唱过的歌谣，哄着自己的孩子。女儿已沉沉睡去，我没有把她放回床上，也没有停下嘴里的歌。那个下午，我一遍一遍地唱着，直到唱出了满眼的泪花。

去年夏天，我回老家探亲。有一天午睡时，我对坐在旁边的妈妈说："妈，给我唱首歌吧，我睡不着！"妈妈转过头来，午后的阳光照着她的白发。她说："我也不会唱歌呀！"我说："就唱我小时候你给我唱的歌吧！"妈妈愣了一下，把目光投向远远的窗外，仿佛看进了岁月深处。

我常常感动于那样的情景，年轻的妈妈抱着自己的孩子，轻哼着哄他入睡。我远远地观望，带着微笑，任往事的浪潮将心湮没。我会想起妈妈，想起那首响在生命中的歌谣。我知道，那是我这辈子听到的最动听的歌。是的,天下的母亲们对怀里的孩子唱响的,永远是最美的旋律。

一枕乡音梦里听

离得越远，越容易听见乡音。因为在更遥远处，故乡的地域被扩大，乡音也成为一地之音。若在国外，可能闻汉语而动乡情。其实，如果细究到每一个村子，语言都有着些许差别，生于斯长于斯，感触细微。比如在同省，听到同一城，或者同一镇的声音，都会有着难抑的激动。

而在我家乡的小村子，语言没有什么特殊的音调变化，也没有什么特殊的发音，基本属于普通话，只是有一些词语或者句子外人难以弄懂其中的意思，这或许是东北话的普遍特征。当将乡音细化到村，那么，不仅仅是语言方面的缘故，更是因为同饮一井水的那种情感，才使得他们的话语也亲切入心。

当时村里有一个孩子，说话极让我们讨厌，倒不是他说什么难听的话，而是他说话时的嗓音和动作。他的声音很尖细，却又不似女声，所以听起来很不舒服，而且每次说话必手舞足蹈，因此大家都远远躲着他。直到长成少年，他说话依然如此。当搬离那个村子时，我竟很庆幸可以不再见到他，不再听到他的声音。

多年以后，当我在几千里外的异地他乡，回想起故乡的种种，也从没有那个孩子的影子出现。那个夏天的午后，我正躺在宿舍的床上看书，他便找了来，虽然多年不见，可是他一开口，我便认出了他。声音依然很尖细，依然手舞足蹈，然而，这曾经讨厌的一切，此刻，在陌生的土地上，竟差点逼出我的泪水来。

原来，曾经的一切，在经过距离的遥远和思念的累积之后，会变得美好，曾经讨厌的声音，也是游子心中的天籁。

当年的邻家老奶奶，白发苍苍，一肚子的传说故事，每天晚上，我们都会聚集到邻家，听她讲故事。她盘坐在炕头上，那略带山东口音的故事便流淌出来，每一天都不重样。我们听得上瘾，虽然害怕那些鬼神之事，但却欲罢不能。后来，那个老奶奶去世，也带走了她一肚子的故事。我离开故乡后，总是想起那个黑黑的屋子，想起昏暗的烛光，想起那张满是皱纹的脸，想起那略带山东口音的故事，才觉故乡遥远，而飘荡在记忆中的声音，却比故乡更远。

一个冬天的夜，窗外是无边无际的寒冷，拥被而眠，竟梦见了当年的情景，梦里，邻家老奶奶清晰的声音，穿过沉沉的梦境，化作醒来时的一枕清泪。有些乡音，真的只能在梦里重闻，梦，是比故乡更遥远的地方。

当年，村里有个傻子，每日里站在村口，嘴里发出哇啦哇啦的声音，他只会发出这一种声音，谁也听不懂他要表达些什么。那一年在外历尽风尘重返故乡，一进村口，便听见他独特的声音，带着巨大的亲切感一下子便穿透了风霜覆盖的心，泪落如雨。只要是故乡的声音，只要是乡亲的声音，总能抵达我们心底最柔软的角落。

可是，离乡日久，许许多多的乡亲却再也见不到了，更多的，都星散在外，而故乡也正一日日变得让我们不认识，心中的故乡渐渐远去。所以，我们越走越远，回去的时候越来越少，熟悉的乡音，也只能在偶尔的旧梦中响起。或许，我们一辈子不曾改变的口音，就是故乡给我们留下的印记，一直相伴，一如心中的故乡。

扣子是开在童年的花

有一天，忽然发现女儿所有的衣服上，扣子都极少，多是各种拉链，就是有几颗扣子，也是装饰点缀所用。便想起儿时，那时的衣服多为母亲缝制，扣子也是极朴素的，将衣服扣紧，焐暖了整个童年。

母亲有一个小小的针线篓，里面除了针线，便是各种扣子。那些扣子大小不一，多是圆形，大多黑白两色，偶尔也有不同颜色的散落其中。这许多的扣子，都是从淘汰的旧衣服上拆下收集起来的，我们有时在路上拾到，也会放进针线篓里。每日里和伙伴们疯玩儿，常常将衣服上的扣子弄丢。回到家中，母亲便会从篓里拣出一枚，给我缝上。看着母亲的针线在扣眼里穿来插去，并没有想到多年以后，我的心也成了一枚扣子，母亲的爱便是那根线，将我的生命维系在温暖的回忆里。

久而久之，我衣服上的扣子，便各不相同，却没觉得有什么不美，反正别人也都是如此。姐姐的那些花衣服上的扣子，就要比我们男孩子的好看多了，虽然也是普通的形状，却是五颜六色。这很是让我羡慕，却也知道那些美丽的扣子是女孩子的专利，所以也只能那么羡慕着。有一次，姐姐新衣服上的五枚漂亮扣子丢了一枚，很难过，于是母亲便找来一枚红色的扣子钉上，虽然和其他扣子不搭配，却很好看，姐姐也很高兴。

有一次家里的一块窗玻璃被我用石块击中，出现了许多条裂痕，母亲找来两枚扣子，在那些裂纹的中心处，里外各放一枚扣子，然后用线穿过玻璃将两枚扣子缝在一起，这样便将整块玻璃都固定住。现在我仍记得那两枚扣子，都是蓝色的，镶在我家的玻璃上许多年。天气晴好的日子，阳光照在玻璃上，每一条裂纹都闪着七彩的光，从中间的扣子处开始四散辐射开去，像极了一朵美丽的花。

当岁月如流水般消逝，童年中的那些扣子，如那片无瑕夜空中的星星，闪烁着无尽的眷恋。更像一朵朵朴素的花，开在洁白的时光里，馨香漫透光阴的河，仍时时给我以感动。童年中的那些扣子，已不知失落于何时何处，一如那些快乐无忧的日子。那些简单的扣子早已被取代，只是心中的温暖却永远如昨日。

前年的时候，姐姐买了件衣服，很古朴的样式，难得的是上面居然有扣子。虽然那扣子很是精美，却依然让我看到了童年的身影。只是没穿几次，扣子便丢了一枚，同样的扣子无处去配，更不能像小时候般随便钉上一枚，姐姐虽然很喜欢这件衣服，却也只好将之收藏。有一天，她和母亲说起此事，母亲却笑着说："这有什么难的，把所有的扣子全换成一样的不就行了！"我们听了都觉得眼前一亮，姐姐更是迅速地买来一些更漂亮的扣子，把衣服上原来的扣子都更换掉。忽然想到，我们常常因为微小的失落而放弃一整件事，也常常因为放弃了一件事而使生活变得黯淡，想想母亲的话，便明白，有时更换一下角度，才会让生命焕然一新。

可我知道，母亲并不知道这些大道理，虽然她和扣子打了半生的交道，却也只是缝缝补补间的智慧。可正是因为这些朴素的道理，点亮了我生命中不曾触及的美好。于是，再回想起童年的扣子，便仿佛嗅到了那朵朵小花上散发出的新的芬芳。

缝纫机走过的童年

　　脚踏缝纫机在那个年代绝对是高贵之物，就连条件好的人家结婚的四大件里，都包括它。四大件是指"三转一响"，分别是收音机、自行车、缝纫机和手表。在我的童年，收音机、自行车和手表，还是很常见的，而缝纫机相对来说，拥有的人家就很少。

　　从记事起，我就觉得家里的那台缝纫机很是神奇，那针头处不停地伸缩，竟能缝制衣物。每当母亲使用缝纫机时，我和姐姐们就会围在周围，时不时地伸出一只脚，同母亲一起去踩那脚踏板。而右侧那个小手轮，母亲经常在停顿之后，用手轻拨一下，并能用它掌握速度和进度。整个机身像一匹马的形状，所以在乡下，许多人叫缝纫机为"马神"，长大后觉得，可能是从英文的音译而来。

　　我们的新衣服，都是在缝纫机下流淌出来的。总是凝神于母亲劳动时，看那一根长线游走于布料之间，结合出我们盼望着的美丽。那些美丽的窗帘、枕套和衣服，都是开在我们眼中的幸福。多少个夜里，缝纫机的"嗒嗒"声随着烛光轻轻地撞击着四壁，也撞进我安稳的睡梦里，梦里都是一片宁静祥和。

缝纫机不用的时候，机身可以放到台面之下，于是就成了一个很平整的平面，就像是课桌一样。所以，我和姐姐们总是因为争抢这个"课桌"而吵架。在缝纫机台面上写作业，可以把两脚放在踏板上，蹬着绕空圈。其实不为了写作业，就是为了满足好奇心，为了玩儿。

有时候，左邻右舍的人也会拿着布料或衣服让母亲帮忙，母亲都是痛快地答应，在缝纫机欢快的节奏里，邻人的笑容也放开到了极致。我家的缝纫机，不仅给我们自己家，也给更多的人带来了方便和快乐。

母亲很爱护这台缝纫机，给它缝制了很精美的布套，下面还有一个小小的棉垫。每次用完，母亲都擦拭得干干净净，机身和台面都是亮得可以照见人影。也经常给一些地方上润滑油，所以用了好几年，还像新的一样。

缝纫机对我们小孩子的诱惑是极大的，母亲严厉要求我们不准触碰。其实，我们也知道小孩子玩缝纫机有危险，可是越不让碰，心里就越惦记着。有一次父母去田里干活，我和两个姐姐就互相壮着胆儿，准备实践一下缝纫机。我们也很熟练地把机身从台面下翻上来，并固定住，大姐在针头上穿上线，又找来一块破布。于是，我们轮流上去操作，不过我们很小心，手离针头远远的，不敢像母亲离得那样近，生怕扎到手。直到那块破布被我们弄得满是线痕，才赶紧收拾起来，把缝纫机恢复原状。并一再互相叮嘱不能外传，才去玩别的。父母回来并没有发现异样，我们也就放下心来。

　　我们村里，确实有人家的孩子摆弄缝纫机时，被针头将手指穿透。我们去看时，都吓得够呛，对缝纫机也有了一种恐惧感。直到姐姐们在母亲的允许下，也能像模像样地在缝纫机上缝制一些东西时，我才淡去了那份恐惧，不过也失去了继续操作下去的乐趣。

　　缝纫机就这样走过了我的童年，走过我一生中最快乐的时光，也走过了母亲最美的年华。可是，我们却永远也走不出母亲的温暖，一如当年母亲用缝纫机为我们缝制的衣服。再也听不到那"嗒嗒"声，那声音只能在回忆里，在梦里，依依响起，唤醒所有的幸福与欢乐。

零度绽放

　　娇艳美丽的玫瑰，清新淡雅的百合，芬芳宜人的莲花……似乎太多的花儿都是开放在温暖的春夏。特别是那些野外的花，经霜耐寒凌风而开的，除了寥寥几种，人们也不会想到更多。一如生活中，在最艰难的境遇里，能绽放出最美的笑容的，都是那些坚强的人。

　　而在这个极北极远的山区城市，一年中有七个月的寒冷天气，那肃杀的冰封雪盖，似乎已将一切美好冻结。曾问过一个远方的朋友，在零度的天气里，会有什么花儿开放。她想了想，告诉我，是雪花！的确，在我们这里，有时九月末就开始飘雪，那时夜里的气温，就是在零度左右。在她的印象中，那样的环境里，只能有雪花盛开，虽美丽，却寒冷。一种没有温度的绽放，只能点染眼睛，却无法温暖心绪。

　　只有那真正有韵味的绽放，才是真正能勾人心魄，摄其心魂的。

　　我有个朋友，也许你一眼看不出她的能量，只是小小可爱，平淡无奇。可她却总是有种让人敬佩的韧劲富含其中，觉得她是那样一个美丽有内涵的女子。让人在众多娇艳美丽的玫瑰中，觉得她才是最美丽的那株。因为她的心，她的气质使她周身都散发着光芒，那无穷无尽的力量把人深深地吸引住，让人不觉赞叹不止。要把自己的内心充实起来，也许你一时只是一颗花苞，不能像其他花朵一样为人称赞，可你慢慢地积累天地之精华，慢慢等待，终有一天，你的绽放，会夺得所有人的目光，会是百花丛中最艳丽的一朵，香飘十里，让人难舍难忘。

在小兴安岭，每年的深秋，在寒冷初临的时候，入目的便是缤纷的五花山。远远望去，山披彩衣，红枫青松，黄杨白桦，还有各种成熟的野果，就如在山上开了大朵大朵的花，而且愈冷颜色愈是清艳。这是比雪花更早开的五花山，直到第一场雪到来，山岭才渐渐素淡起来。

作为一年中最冷季节的开始，这种绽放是极动人心魄的。而想起我们面临生活中即将到来的种种艰辛坎坷，却常常彷徨犹疑，就算有信心度过，也是心绪沉重。而我的一位朋友，却是不同。她早就预见了自己未来生活的苦难，也知一切终不可避免，却是依然微笑如初，仿佛要到来的并不是自己的生活。如今已经明白，她只是在宣泄着一种心绪，一种希望。所以迎寒而开，虽终会被霜雪掩盖，可是那份美好的希望却直透严寒。

当冬天快要过去的时候，又一个零度的季节来临。与最初的零度迥异，最初只是漫长寒冷的开始，此刻却是温暖的开始。虽然同样的寒冷，可是内蕴却生动无比。这个时候，依然有花儿开放。

在向阳的山坡山谷，残雪残冰和初融的水混合在一起，构成了一种零度的困囿。就在这冰雪和水中，神奇的冰凌花开始笑傲。那簇簇金色的小小花朵，如一小团火焰，点燃了漫山的冰雪。它是一年中开得最早的野花，在这片山岭中，所有的温暖与美丽都从它开始。

是的，看着冰雪中绽放的冰凌花，没有人不为之动容。那些柔弱的灿烂，总能唤醒在漫长寒冬里被冰封的心情。想起祖父，他生前极开朗乐观，每天笑容满面，说话幽默诙谐，常常能用自己的心情感染别人。而别人却不知道，祖父当年曾经历了怎样的流离丧乱和无可计数的苦难波折。可是再苦的生活也没能夺去他脸上的笑容，就如那些冰凌花般，在冰封雪盖中漾出暖暖的深情。

在零度绽放，是对未来苦难的一种乐观与希望，也是对美好生活的一种展望和开始。生活本来就是如此，生活就在那里，自冷自暖，可是只要心存希望，那么，所有的风霜都不能冻结一张温暖的笑脸。就像那些绽放在零度天气中的花儿，开始或结束，都是最美。

最美的流星

　　天黑透了，枪炮声已渐渐停止，战士们蜷缩在战壕里，暂时放松一下紧张的心情。经过一天的激战，两翼的阵地已落入敌手。这个营所在的阵地已被分割合围，情势非常危急，而且伤亡惨重。如果天亮敌人发起进攻，是无论如何也抵挡不住的，大家都很担忧。

　　李小豪仰卧在战壕里，剧烈的心跳好长时间才平缓下来。他望向黑沉沉的天空，这本是一个很晴朗的夜，没有月亮，星光都点点地闪现出来。蓦地，一颗流星拖着一条光尾划破夜空，消失于远方。身旁的战友张南也看着星空，说："天上一颗流星，地上就会死一个人，不知谁又要牺牲了！"李小豪说："迷信！咱们牺牲了那么多的战友，那流星还不下成雨？"张南躬起身子，说："那是白天，你能看见吗？"说完又重重地躺下，叹了口气说："要是明早敌人再发起进攻，可怎么办呢？"李小豪亦是无语。

　　这时，战壕那边一阵骚动，两人忙奔过去，只见负重伤的副营长已经牺牲了。那一刻，两人都想起了刚才那颗流星。营长阴沉着脸说："咱们不能这样坐以待毙，应该派人突围出去，向主力部队汇报战况，然后里外夹击歼灭敌人！"由于电台损坏，和大部队早已联络不上了。张南挺身而出："营长，我突出去！带主力部队连夜赶回来，把敌人全消灭掉！"营长看了看张南，点了点头，拿出一颗信号弹装进手枪，交到张南手里，说："大部队要开始进攻的时候，你打出信号弹，我们就反攻！"张南把手枪往腰里一别，跃出战壕，消失在黑暗中。

过了一会儿，远处传来枪声，战壕里的人全都把心提到了嗓子眼儿。特别是李小豪，更是坐卧不安。良久，枪声停止了，战壕里一阵沉寂，每个人都望向黑沉沉的远方，也不知张南有没有突围成功。大家能做的，只是这种煎熬般的等待。时间缓慢地流逝着，李小豪不转眼珠地盯着夜空，并没有流星再划落，张南应该没事吧！

已近午夜，一些战士已经睡着了，而李小豪依然望着夜空，此时他最怕的，就是有流星，他也有些相信张南的话了。张南和他不仅是战友，还是同乡，两人一起参军，从抗战到解放战争，他们都在一起。正自想着，忽然，一颗流星从远方天际升起，闪过一道绚丽的光。李小豪吓得一下子坐起来，心里一片茫然和悲哀，张南完了！直到身边的战士抄起武器，远处也传来枪声，他才蓦然惊觉，那不是流星，是信号弹，是张南打出的信号弹！随着营长的一声"冲"，他们跃出战壕，向敌人的阵地扑去。

李小豪得知好友张南没事，信心大增，他一边冲一边灵活地躲闪着敌人的火力。喊杀声震天,主力部队已突破敌人的第一道防线,反包围成功。在炮火的光亮中,李小豪忽然看见了张南,他急忙移动过去,张南正向阵地上的残敌射击。李小豪刚跑过去,张南却忽然一晃栽倒在地。李小豪扑过去抱起他,见他头上和胸前都冒出血来,一时心慌,大喊他的名字。张南睁开眼睛,见是李小豪,吃力地说:"我是不成了!兄弟,刚才你看见流星没有?那就是我的星星!"李小豪望了一眼夜空,含着泪说:"我看见了,那个流星最大,最好看!"同时,他想起了那颗美丽的信号弹。张南闻言嘴角泛起一丝微笑,慢慢地闭上了眼睛。

许多年过去,枪炮之声早已成了遥远的回忆,李小豪常常在夜里醒来,望向窗外的星空。偶尔会看见流星,他的心就会风起云涌。是的,这许多年中,这一辈子,他再也不会看见那个漆黑的夜里,那颗带着希望的星星从黑暗中升起。那是生命中最灿烂的流星,让他心里时时划过怀念与感动。

花开的方向

母亲喜欢养花，阳台上摆满了大大小小的花盆，四季的轮换里，总有花儿是绽放的，如此，阳台里一直充盈着春意。另外，有几盆花是放在母亲的卧室里的，那几盆花是同一品种，母亲也叫不出名字，多次搬家，无论是同城里的迁移还是城市间的辗转，那几盆花母亲都没有抛弃。

那几盆花只在每年的夏季里开放，花期半个多月。花朵并不出奇，比指甲略大些，一圈的花瓣，中间是橙黄的蕊，形状像极了缩小的葵花。它们通常是三五朵聚拢成簇，有一种极浅极淡的香，只在寂静的夜里，万虑皆宁的时刻才能感受得到。这种花唯一特别的地方，就是固定地朝着西方开放，无论怎样地挪动位置或转动花盆。母亲宝贝似的把它们放在卧室里，不离不弃。

母亲对于养花有一套独到的经验，不管什么花，在她的调理之下，都显出一股子活泼劲儿来，常让她那些老姐妹们欣羡不已，总有许多人慕名上门来取经，或讨枝丫和花籽儿。母亲的养花爱好是受姥姥影响，或者是遗传使然。我少年时曾和母亲回她的老家探亲，姥姥家在一个很远很远的乡村，几乎养了一屋子的花，院子里也栽得满满的。那时我就发现了那种母亲珍爱着的花，想来是姥姥送她的了，问母亲花名的时候，她含笑说："你姥姥也不知道叫什么名字呢！反正我老家那边，这种花是很常见的！"

母亲卧室里的花，起初在没有搬到这个城市的时候，我记得是五盆，后来我大学毕业后，就成了六盆，而搬来这里后，又多出来一盆，成了七盆。仔细回想一下，几乎是以每十年一盆的速度递增着。直到去年，发现变成了八盆，几乎摆满了卧室里的窗台。而母亲的那些老友中，却极少有人知道这几盆花，母亲也从不给她们看，似乎那只是她自己的秘密。

母亲卧室里的窗户恰好是向西开的，每年夏季开花的时候，那些花儿便丛丛簇簇地向着窗外，很像隔窗远眺的样子。在它们的花期里，母亲待在卧室里的时间就多了，常常是坐在床上，看着那些花儿，也不知是在欣赏开放的花儿，还是看向窗外。那眼神飘忽着，仿佛很近，又似乎很远。

去年年末的时候，母亲回了一次老家，给姥姥过八十大寿。也有好几年没回去了，临行前显得很是兴奋，似乎不管多大年龄的人，一想到要见着自己的母亲，都表现得像个孩子。是啊，不管多大，在母亲面前都是孩子吧！母亲一个劲儿地叮嘱父亲，卧室里的那些花儿几天浇一次水，每次水量是多少，直到父亲都能背得出来，这才放心而去。

母亲回来后，很高兴，有一种满足的神情，不停地说着姥姥的身体很棒，依然侍弄着一大院子的花。也难怪，八十岁的人了，能有这样的身体和精神，作为子女自然开心幸福。心里忽然一动，姥姥八十大寿，而母亲的花儿正好是八盆。一瞬间忽然明白了母亲为什么钟爱那几盆花了，那些花是母亲从故乡带出来的，是姥姥曾栽种下的，母亲珍爱着它们，其实是对姥姥的一种思念，一种祝福。

有一天，无意间闯入一个花卉论坛，各种花草的图片琳琅满目。素来对花花草草缺乏兴趣的我，正要关掉网页，忽然，仿佛闪电般，一个熟悉的画面从我的眼前滑过，正是母亲卧室里的那种花！于是急忙点开，看它的介绍。上面说，这种花不管在什么地方什么情况下，都是向西开放。心里涌动着一种巨大的感动，因为我终于知道了它的名字，那是一个让人悠然神飞、魂牵梦萦的名字——望乡。

那些花又到了花期，母亲依然在守望着，目光轻柔地抚摸过那些小小的花朵背影，然后投向西方。而远远的西方，隔着山，隔着水，隔着风雨云雾，有母亲的故乡，有母亲的母亲！

清　盼

　　还没上学的时候，有一次看大姐订的《作文》杂志，有一篇文章叫《我盼 1985 年》。那作文写得非常好，让我悠然神飞，而且配的简单插图，也是充满了美好。于是，我也那样盼起 1985 年来，似乎到了那时候，一切都会变得更好。

　　那样的盼望是如此简单，我甚至很快忘了那篇作文里的内容，却牢牢记住了标题。距离 1985 年还有 5 年的时间，那份盼望并不是多强烈，甚至不知在盼些什么，可是那份盼望就那么清澈地在心底流淌着，看着墙上挂着的古老日历时，总会不自觉地神往。

　　似乎不知不觉就到了 1985 年，我也从小小儿童成长为小小少年。1984 年的冬天，当母亲买回一本新的日历，看到红红的第一页上写着的 1985，心中的盼望便立刻汹涌起来。当我终于走进那个红色的日子，心里有一种无由的欣喜，可能是因为一份期盼走到了尽头。我还特意翻箱倒柜找出了那本《作文》，重读了一遍，才发现，作文里所说的种种设想似乎都没有实现。只是，我却一点儿失望都没有，我喜欢的，只是盼望的本身，和盼望的过程。

多好啊，那么清澈的盼望，在若有若无之间，总能点缀出一些不期然的希望。多年以后读古诗词，看到"清盼"一词，才知道那是指别人的顾盼，是对别人顾盼的美称。可是，我更愿意理解为一种清澈的盼望，就是纯纯的盼，与欲望无关。

初中时家从乡下搬进县城，环境的变化，陌生的同学，不适应的老师，难以抑制的思念，使我每日里沉默寡言。后来偶然发现了一个去处，可以让心静下来，于是那些闲暇的时光，我几乎都是在萧红故居里度过。看着壁上的旧照，那个小小的女孩，那个安静的少女，那个漂泊的女子，便总会想，她小的时候是不是也会有着一份美好的期盼？

后来读到萧红的一篇小散文《永远的憧憬和追求》，写了一段她和祖父的经历。萧红九岁的时候，母亲去世，父亲对她更不好起来。她说父亲的眼睛也转了弯，每次从他身边经过，自己的身上像生了针刺一样；她说父亲斜视着她，高傲的眼光经过鼻梁、嘴角往下流着。她喜欢大雪的黄昏里，围着暖炉听祖父读诗，喜欢看祖父读诗时微红的嘴唇。每当父亲打了她，她就来到祖父的房里，看着窗外的大雪，从黄昏到深夜。

祖父把手放在她的肩上，又放在她的头上，她的耳边就响起这样的声音："快快长大吧！长大了就好了！"于是她盼着长大，可是长大后的她并没有变好，而是一直被辜负，一直过着流浪的生活。但她从祖父那里知道了，人生除了冰冷和憎恶之外，还有温暖和爱。

272

温暖和爱，便是她永远的憧憬和追求。

站在萧红的石像前，我也忽然明白，有一些期盼只是给了我们希望，所盼的，未必会如约而来。但如果连美好的盼望都没有，人生该是怎样的荒芜和凄凉。我们在清澈的期盼里走过的每一步，都会化作回首时的欣慰与缤纷，那么，即使脚下依然是沉重的境遇，又能如何呢？我们依然会在新的期盼里，走过日月流年。

我也会经常期盼未来的某个日子，当走进那个日子，虽然并没有遇见所想要的，却依然很满足，依然把它看成一个重要的日子，因为，那一天，是我心里期盼的一个终点，或转折点。

总是不经意地想起，当年小小的我看完那篇作文，不停地问姐姐们："你们盼 1985 年吗？"

姐姐们总是笑着说："盼啊！到了 1985 年，我们就长大了！"

是啊，我们曾经那样盼望着长大，虽然长大后遇见了那么多不被预料的坎坷与波折，可我还是相信，长大了就好了。

孤灯小卷

我记得小时候，总停电，那时就喜欢看书。常常在晚上，在自己住的小屋里点一根蜡烛，然后捧一本薄薄的书，倚在枕上看。或者是课外的作文书，或者是借来的小人书，虽然没有什么厚重的名著，可是在昏黄的摇曳的烛光里，每一个字都生动得像要开出花来。

仿佛在那样的夜里，只剩下一盏灯，一本书，还有我明亮的眼睛。不同于普通夜读的意味，这里夜只是一个背景，读也只是一种状态，多年回望而落于心底柔软处的，却是那盏灯，那本已不记得内容的薄薄的小书。

大学时读的书就多起来，开始大量阅读中外名著。可是在夜里，我依然喜欢拿一本薄薄的书，并不一定是名著，但一定是在夜色里能入我心的。宿舍里到时间就停电，起初我们都是拿个小手电，用被子蒙头盖脸，在被窝里看书。后来我觉得这样看书没有感觉，而且很难受，再好的书也读不进去。于是在一个夏夜里，熄灯很久之后，我偷偷溜出宿舍楼，手里拿着一本书。然后看到宿舍后面的路边有一盏路灯，对面是女生宿舍，灯下是一个台阶，我就坐在那里看书。

已记不清有多少个那样的夜晚了，头顶孤灯相伴，洒下一片柔和的光，长长的风偶尔飘来一丝，吹得身旁的草叶细细地响，星光月色都被身后的楼房阻挡了，只有这一盏灯还亮着，只有这本书还翻开着，只有我还醒着。

后来毕业，颠簸辗转，在世事的风尘劳碌中，读书的时间越来越少。仿佛心境全然改变。可是每到睡前，还是习惯性地拿本书，心思却不知飘忽到何处。刚参加工作的时候，住在工厂的宿舍里，很大的一个屋子，三个人。我的床在一个角落里，每到夜深，当室友的鼾声响起，我便拧亮床头那盏小小的台灯，让它只照着我的那一角黑暗。那时看的多是薄薄的杂志，看那些短短的文章。在文中那些寻常的烟火人生里，努力去找寻能贴近我心灵的片段。

有时候会遥思古人灯下读书，月影小窗，一灯如豆，那一幅读书的剪影该会有直入人心的魅力吧。虽然已无复古人之风，可在属于我属于书的那些夜里，总会有一些心绪是与古人相通的吧。一个朋友曾对我讲，他在工地上当力工的时候，每天都干活到很晚，匆匆吃过饭，在别的工友或鼾声如雷或出去游荡的时候，他就躺在大通铺上，借着一点灯光看一本从家里带的书。他说多年以后，那些苦那些累都已淡忘，只有那看书的情景仍历历在目柔柔在心。我想，那样的时刻那样的一个身影，也应是有着一种魅力吧。

在一人一灯一书的夜里，别的东西都会悄然隐退，世界上只有那一点光、一卷丰盈和一缕思绪。那样的晚上，放下书，熄了灯，便会有一枕恬然而带着书香和希望的梦在等候着。

在学校的网站论坛上，有个男生发帖说：我记得那时，在深夜里，总有个人在楼后的路灯下看书，我每次站在窗前就能看见。也不知是哪个年级的同学，也不知看的是什么，总之很专注的样子。那个身影，曾给了我许多感动和力量。

下面有不少人跟帖，也有人说注意过那个身影。一个女生说：是啊是啊，我也看到过，一盏路灯，一个坐在台阶上的读书人，像一幅剪影，真是美极了！

未老莫还乡

其实，很多时候，人们离开家乡无外乎两种原因，主动的和被动的。主动的，是想去追求一种更好的生活；被动的，是无奈之下被迫离开。我家乡的那些伙伴，后来也都离开了，一些是为了向往，一些是为了生存。我离开得早，那是因为家搬进了县城，父母搬家，也是为了追求更好的生活。不过我知道，即使不搬家，我也会通过考学离开的，只是提前了一些年而已。

而就是提前了那些年，使得我在小小少年时，就饱尝了离别与思念的滋味。那些复杂的滋味随着成长而成长，如果是青年时离开，也许就会少了那种日月积淀的厚重苍凉吧？少小离家，在生命中留下的印痕，重叠着温暖与苍凉。温暖的是回忆，苍凉的是离开后就再也回不去了，回去的，也不是曾经的故乡。

第一次回乡，是离开两年后，那时候故乡的变化并不大，每一步都唤醒着亲切和温暖。就像是曾经去县城里的亲戚家串门，多住了几天回来后的那种感受。可是我知道，这个村庄里已经没有我的家了，不管我多少次归来，不管归来住多久，都已不再属于这里。离开便已是客，归来永远是客。

后来回去的次数越来越少，故乡也在每一次的重逢中，渐渐面目全非。思乡之情，回乡后却越发强烈，一颗心无处安放。面对沧桑，便发现，真的是一旦离开家乡，就永远回不去了。其实，也许故乡并没有多大改变，只是我在一次次的回味中，无限地美化了曾经的一切，故乡已成为生命中的一个理想国度。所以当看到真实的种种，便觉得有了巨大的变迁，也有了巨大的落差。

走得越远，故乡的范围越大。在县城时，会觉得那个小小村庄是故乡；在省内别的城市时，会觉得小小县城是故乡；去了省外，会觉得黑龙江是故乡；进了山海关，会觉得东北是故乡。于是我猜想那些在海外之人，应该觉得中国就是故乡了。所以当我离开了呼兰县城，来到小兴安岭深处，思念已不局限在曾经那个让我魂牵梦萦的村庄了，呼兰河夜夜流入梦中。

父母后来离开了家乡的县城，来到我这里，为了给我们照看孩子。所以父母的再次离乡，不是主动或被动，而是因为爱。父亲生病的那段日子，经常和母亲回忆村庄的人和事。我知道，父亲是很想回故乡去看看的。可是父亲终是没能再踏上那片土地。父亲客死异乡，我知道，这是他的遗憾。所以三年后，当我送父亲回故乡入土为安，那一路上，我都在默默对父亲说："我们回家了。"

那个小小的村庄，已经有二十多年未曾回去过了。"未老莫还乡，还乡须断肠"，我人到中年，还没有进入老的行列，还乡，也会触目伤情吧？可是人老了，还乡依然会是物是人非，那就不会断肠了吗？也许，老了，经惯了漂泊冷暖，见惯了故人凋零，就通透了，无论物是人非，还是人物皆非，都可化作一笑或一叹。

韦庄的"未老莫还乡"，是因为他的故国家园已在战乱中倾圮，他的断肠是另一种伤痛。而我们曾经的故乡，也会在与岁月的碰撞中支离破碎，每一块碎片都会把柔肠割断。年轻的时候，还会回乡几次，虽然每一次都是更深的惆怅和更痛的别离，却是有所期待有所渴盼的。可是当亲人们都离开了，却不敢再去面对那种无可弥补的苍凉，故乡，只能在心底一次次重回。也许真的只有到了老的时候，才会踏上那一片生长着我最初岁月的土地，倚着柴门，把目光挥洒成回忆。

所以，故乡已化成心底的一片雪，正等着岁月把它融化成一泓泪。